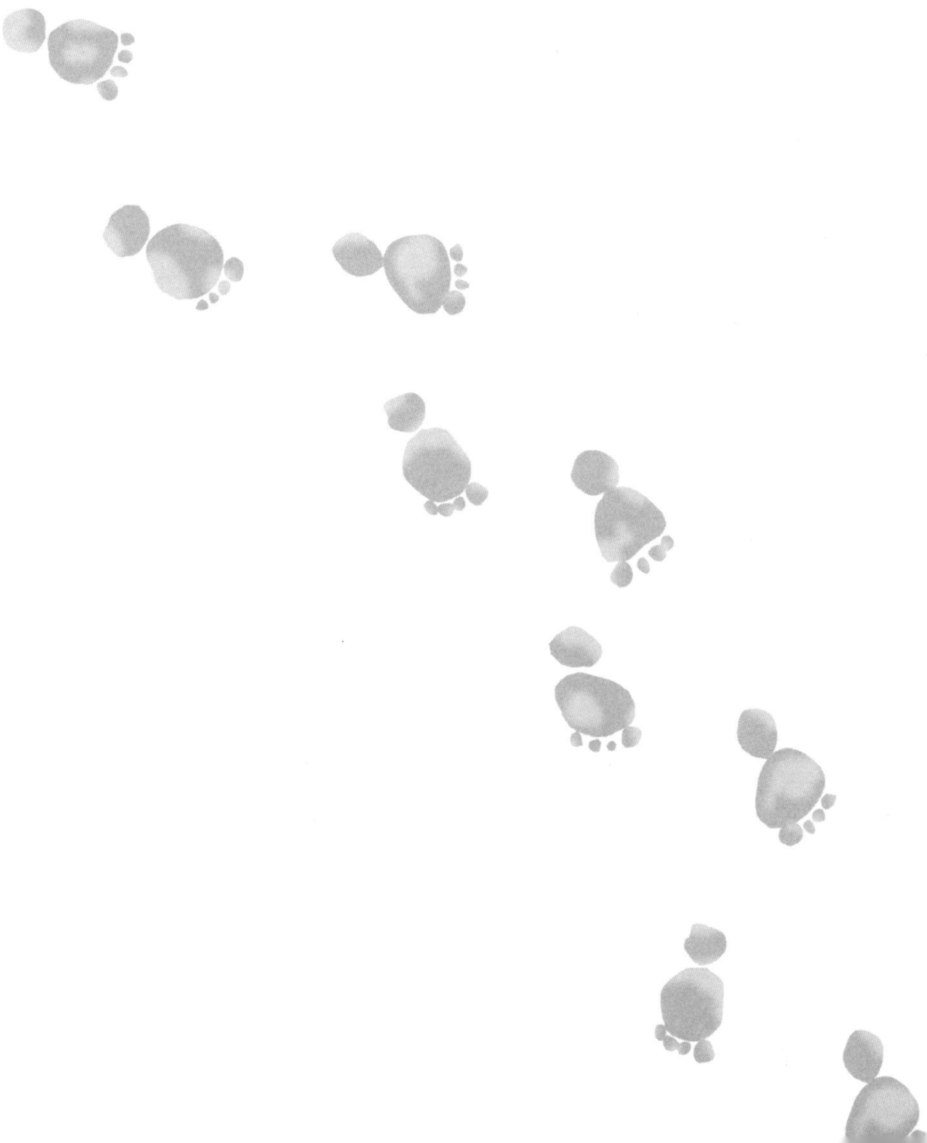

YOKO

Dirección Editorial:
Trini Marull

Edición:
Cristina González

Preimpresión:
Alberto García

Diseño de cubierta:
Miguel Ángel Parreño

Ilustraciones:
Susanne Mais

Traducción:
Amalia Bermejo

Título original: *Yoko und die Gruselnacht im Klassenzimmer*

Este libro se ha negociado a través de Ute Körner Literary Agency, S. L., Barcelona

Juan Ignacio Luca de Tena, 15
28027 Madrid

ISBN: 84-216-9319-0
Depósito legal: M. 37.429–2006
Impresión: Huertas, Industrias Gráficas, S. A.
Printed in Spain

KNISTER

YOKO

y la noche del terror

3.ª edición

Bruño

¿Quién es Yoko?

Yoko es una criatura blanca y peluda que adora el frío.

Podría parecer un pequeño oso polar, aunque cuando le da por juguetear y colgarse de las lámparas, por ejemplo, se parece mucho a un mono. A veces también corre a cuatro patas, y entonces la gente cree que es un perro.

Pero Yoko no es un oso polar, ni un mono, ni un perro. Yoko es un ser muy especial.

Marta y Edu lo saben bien, y por eso se han hecho cargo de esta simpática criatura peluda.

Yoko duerme en un arcón frigorífico, y tiene otras costumbres curiosas que a veces meten en serios apuros a sus dos amigos.

Pero la verdad es que siempre les hace reír con sus locas ocurrencias. ¡No pueden enfadarse con él!

Marta y Edu quieren evitar que Yoko se convierta en una atracción, que sea exhibido en la tele y en los periódicos.

Por eso lo esconden de la gente, y especialmente del siniestro Thor van Sneider...

Solo este malvado individuo conoce el secreto que rodea a Yoko, porque fue él mismo quien lo descubrió y le dio caza.

Van Sneider pretende hacerse rico sirviéndose de la criatura peluda: quiere mostrar a Yoko en las ferias de atracciones a cambio de dinero, y tampoco le importaría vendérselo a los científicos para que realicen experimentos con él.

Yoko ha logrado escapar de las garras de ese cazador sin escrúpulos y ha encontrado refugio junto a Marta y Edu.

Pero Van Sneider no sabe nada de eso, y cree que su presa sigue huyendo...

Capítulo 1

—¡Tú y yo tenemos que hablar, señorita! —oye Marta nada más entrar en casa. Su madre está en la puerta de la cocina, y su voz suena enfadada—: Anoche te pedí que sacaras la basura, y todavía sigue aquí.

—Esta mañana te prometí que la sacaría en cuanto volviese de clase —trata de disculparse Marta.

—Exacto: en cuanto volvieses. Pero llevo dos horas oyendo una guitarra eléctrica en la cabaña del jardín, y tan fuerte que pensaba que los cuadros iban a caerse de las paredes. Has tenido mucho tiempo, la basura aún está aquí y, a todo esto..., ¿cómo es que has vuelto tan pronto? ¿Está enfermo algún profesor?

—¡Qué va! Y además, no he llegado hace dos hor... —empieza a responder Marta, pero se calla en mitad de la frase.

De repente se ha dado cuenta de que es mejor no intentar justificarse. Su madre podría hacerle más preguntas..., y entonces Marta tendría que explicarle quién es en realidad el que ha estado tocando la guitarra eléctrica en la cabaña del jardín: ¡Yoko! Nadie sino él lo haría tan alto. ¡Y menos mal que ahora está en silencio!

Marta pasa rápidamente por delante de su madre, entra en la cocina y saca la basura del cubo que hay debajo del fregadero. Quiere tirarla enseguida para ir corriendo a ver a Yoko... ¡antes de que empiece a meter ruido otra vez!

Los padres de Marta creen que Yoko es un pobre perro abandonado que un día la siguió hasta casa. Y la verdad es que, cuando Yoko anda a cuatro patas, se le podría confundir perfectamente con un perro de esos muy peludos. Pero si sus padres vieran cómo se cuelga la guitarra mientras baila y canta en su divertida lengua, pues bueno, entonces...

Ya fue bastante difícil para Marta convencerlos de que le dejaran quedarse un tiempo en la cabaña del jardín. De saber el misterio que rodea a Yoko, seguro que habrían ido corriendo a la policía o habrían llamado al zoo para preguntar si se les había escapado aquel bicho tan raro.

Cuando Marta ya va a salir de la cocina con la bolsa de basura en la mano, esta se rasga y caen al suelo varios envases vacíos de leche y yogures.

—¡Lo que faltaba! —protesta entre dientes—. Siempre que una tiene prisa...

Un momento... ¿Qué es ese ruido?

Marta pone atención. ¡Oh, no!

—Pues... si no eres tú..., ¿quién está tocando ahora mismo esa guitarra? —pregunta su madre, perpleja.

—Yo no oigo nada —disimula Marta, mientras busca rápidamente una explicación. ¡Tiene que ocurrírsele algo enseguida!

—Hummm..., aquí hay gato encerrado —dice su madre, que aparta a un lado a Marta y se dispone a salir al jardín.

—Deja, deja, mamá, ya voy yo —trata de adelantarse Marta.

—No. Tú ocúpate de tirar la basura, y yo iré a echar un ojo a la cabaña —contesta su madre.

Marta se coloca delante de ella y empieza a tartamudear:

—Pero si en la cabaña solo está... solo está... mmmm... ¡Edu! —a Marta se le quita un peso de encima. ¿Cómo no se le habrá ocurrido antes?

—Ah, ya, Edu... —sonríe su madre—. ¿Y cómo es que está aquí? ¿Hoy no tiene colegio?

—Creo que hoy tenían una excursión optativa en su clase, y él ha decidido no ir —improvisa Marta—. ¡Voy a verle ahora mismo! —añade, y echa a correr por el jardín.

—¿Y qué pasa con la basura? —le recuerda su madre.

Pero cuando mira por la ventana de la cocina, Marta ya ha desaparecido en el interior de la cabaña... ¡con la bolsa de la basura en la mano!

—Esta niña, siempre con su Edu... —murmura, y no puede evitar sonreír otra vez.

Edu es el mejor amigo de Marta. Sus compañeras de clase dicen que también es «su chico ideal», aunque Marta no está muy de acuerdo con eso, y Edu, menos todavía.

Naturalmente que a Marta le gusta un poco su amigo, ¿por qué no?, pero Edu no parece haberse dado cuenta. Las compañeras de Marta dicen que eso es de lo más normal, ya que los chicos suelen ser los últimos en enterarse de esas cosas.

En cualquier caso, da lo mismo: Edu y Marta se entienden fenomenal y forman un equipo estupendo para todo. ¡Ah!, y no han hablado a nadie de Yoko.

La existencia del pequeño yeti es su gran secreto.

Cuando Marta abre la puerta de la cabaña del jardín, retumba una endemoniada música rock.

—¡Para, Yoko, por favor! —exclama.

Pero Yoko parece tan entusiasmado con la aparición de Marta, que de pura alegría pone aún más alto el sonido y canta, acompañándose con la guitarra eléctrica:

—¡Yoppa, yuu! ¡Yoppa, yuu! ¡Yoppa, yoppa, yuyu-yuyu!

—¿Quieres parar de una vez? ¡Con tanto escándalo, vas a meternos en un lío! —chilla Marta.

Es inútil. Parece que Yoko no la entiende, o quizá sea que no la quiere entender...

Sin una palabra más, Marta avanza directamente hacia el amplificador. Un chasquido, y el aparato se queda mudo.

Pero, por desgracia, el peludo cantante no tiene un interruptor para hacerle callar, y ahora, aun con el amplificador apagado, sigue vociferando la misma melodía todavía más alto:

—¡Marta, yuuu! ¡Marta, yuuu! ¡Marta, Marta, yuyuyuyu!

Marta no puede evitar reírse. Y es que no hay manera de enfadarse con Yoko. ¡Está tan gracioso! Lleva encima del hocico unas gafas de sol de Edu, y trata de moverse con torpes pasos de baile, como ha visto hacer a un cantante en un videoclip.

De repente, Yoko deja de cantar, se lanza sobre la bolsa de basura que Marta lleva todavía en la mano y empieza a revolver en su interior. Marta consigue quitársela a duras penas.

—¡No, no, Yoko! ¡Esto es solo basura! Nada que tú puedas comer…

Yoko coloca la guitarra eléctrica a un lado y se frota la tripa con las dos manos.

—Pero… ¡si no puedes tener hambre otra vez! —se asombra Marta—. Esta mañana te he traído dos barras de pan y toda una ristra de salchich… —pero no llega a terminar la frase, porque acaba de descubrir restos de cajas de pizza destrozadas. Justo ayer por la tarde había metido un montón de pizzas congeladas en el arcón frigorífico que hay en la cabaña. ¡Debían ser suficientes para una semana!

Marta se acerca al arcón, levanta la tapa y no puede creer lo que ven sus ojos. ¡Yoko se lo ha comido todo!

—¡Eran doce pizzas! —exclama, enfadada—. ¿Tienes idea de lo que nos han costado a Edu y a mí?

¡Doce pizzas! ¡Con eso podría comer un equipo de fútbol entero! Y tú ni siquiera esperas a que las metamos en el horno, sino que las masticas tal cual, heladas, como si fueran tabletas de chocolate…

Yoko trata de ordenar en el suelo unos trocitos de caja, como si fuera un puzzle. Y cuando consigue formar más o menos el dibujo de una pizza, coge de la mano a Marta, señala el dibujo con el dedo y gruñe:

—*Cra, cra, yummmm… ¡rico, rico!*

Marta pone los ojos en blanco:

—¡Ni hablar! ¡Nada de rico, rico! Eres un travieso, ¡y un liante! —le regaña—. ¡Marta está enfadada contigo!

Yoko sacude con fuerza la cabeza, como si quisiera contradecir a Marta, y dice:

—*Marta buena.*

—No, Marta está enfadada.

—*Marta, buena, Marta, buena, buena, buena.*

—No, Marta está enfadada contigo.

—*¡Yoko malo, malo!* —gruñe Yoko, y se atiza en la cabeza una y otra vez con las patas—. *¡Malo, malo Yoko!*

—Bueno, tranquilo, que no es tan terrible... —sonríe Marta mientras trata de sujetarlo para que no se golpee—. ¡Qué locura, lo que has aprendido en tan poco tiempo! ¡Ya hablas genial!

La verdad es que Yoko ha progresado un montón con las palabras en los últimos meses. Además, hace pocos días, Edu le trajo el libro de lecturas de su hermana pequeña, y parece que también van a conseguir enseñarle a leer.

—Todos estos trozos de caja de pizza se meten aquí, en la bolsa de basura —dice Marta, y empieza a recogerlos—. Esto es basura, ¿lo ves?

Yoko la ayuda. Pero cuando han terminado, le quita a Marta la bolsa llena de la mano, salta con ella a la mesa, la levanta para que Marta no pueda alcanzarla y exclama:

—*¡BA-SU-RA!* —y deja caer la bolsa al suelo, contentísimo.

Marta no está tan contenta, porque con el golpe, la bolsa ha acabado de reventarse y todo su contenido se ha desperdigado por el suelo.

—¡¡¿Quieres estarte quieto de una vez, Yoko?!! —le chilla Marta, y tiene que hacer grandes esfuerzos para no darle un puntapié en su trasero peludo.

Pero Yoko, tan feliz, ya está bailoteando a su alrededor mientras canturrea:

—*Yoko, loco, Yoko, loco.*

—Quiero que recojas enseguida este desastre —le ordena Marta—. Yo voy a buscar una bolsa nueva, y cuando vuelva, quiero que todo esté limpio, ¿me oyes? —ya está a punto de abrir la puerta cuando se vuelve otra vez hacia Yoko—: Y no te atrevas a hacer cualquier disparate con la música... ¡o con lo que sea! —por fin cierra dando un portazo y deja solo a Yoko.

Cuando vuelve poco después, se lo encuentra tan tranquilo, columpiándose en la lámpara del techo mientras mordisquea un plátano con glotonería. De la basura está ocupándose Edu, por supuesto.

—Hola, Edu, ¡qué bien que hayas venido! —le saluda Marta—. Pero… ¿se puede saber qué haces?

—Yoko me ha dado a entender que debo ocuparme de la basura. Ha dicho: *«Mucho Marta enfadada»*.

—¡Hay que ver lo que sabe este bichejo! —se ríe Marta, y enseguida se pone a ayudar a Edu—. ¿Qué tal las clases? —pregunta.

—Bah, lo de siempre. ¡No veas qué ganas tengo de que lleguen las vacaciones!

—¡Pues igual que yo! Y además…

Marta hace una pausa para abrir una lata de cocacola que ha traído Edu y acomodarse en un sofá. Edu pone la basura en un rincón y se sienta a su lado. Yoko sigue columpiándose en la lámpara y los escucha.

—… Nuestra profesora de Lengua nos ha prometido que, el penúltimo día de colegio, celebraremos una noche del terror en clase.

—¿De verdad? ¡Suena genial!

—¿A que sí? La clase entera pasaremos la noche en el colegio, con sacos de dormir y todo eso. Cada uno debe llevar su libro de terror favorito, y haremos lecturas en voz alta.

—¡Uauuu…! —exclama Edu, y enseguida añade—: Aunque, para que sea una noche terrorífica de verdad, os falta un ingrediente…

—¿Sí? ¿Cuál? —pregunta Marta.

—¡Yo! —es la respuesta de Edu.

—¿Tú? ¿Cómo que tú?

—Sí, sí: yo. Podría pasarme por tu colegio, y hacer que la noche fuese de auténtico miedo… —explica Edu con una sonrisita maligna.

—Pero… la profesora de Lengua ha dejado muy claro que solo puede participar nuestra clase —replica Marta.

—¡Bah!, podría esconderme bien, y nadie se daría ni cuenta. Solo tú sabrías lo que está pasando… —añade Edu con tono de misterio.

—¿Lo que… está pasando? —Marta empieza a comprender y traga saliva.

—¡Uaaaaaaaaaaa! —grita entonces Edu, que de repente pega un salto, se pone la cazadora por la cabeza y empieza a correr como un loco por la cabaña—: ¡Uaaaaaaaaaaa! ¡Soy el espíritu vengador del colegio! Qué bien que hayáis venido a visitarme... ¡Llevo trescientos años esperándoos! Sois los primeros que se atreven a entrar aquí a medianoche, pero... también seréis los últimos. ¡Ninguno de vosotros saldrá vivo de aquí! ¡Uaaaaaaaaaa! ¡Uaaaaaaaa!

Marta aplaude encantada, se esconde debajo de la mesa y dice con voz lúgubre:

—¡Os atizaré con la regla, os pincharé con el compás, os ahogaré con polvo de tiza, os despachurraré contra la pizarra...!

—Los de tu clase recordarán esa noche durante mucho tiempo. ¡Les enseñaremos lo que es tener miedo! —dice Edu mientras se quita la cazadora de la cabeza.

—¡Va a ser divertido! —exclama Marta.

—Solo hay que hacerlo muy bien, para que todo parezca auténtico —añade Edu.

—Sí, y sin pasarnos, no sea que a la profesora le dé por llamar a la policía —advierte Marta.

Enseguida se ponen a planear cómo van a organizar la noche del terror.

—Lo más efectivo sería provocar ruidos horripilantes —propone Marta.

—¡Sí! Por ejemplo, arrastrar cadenas —dice Edu—. Veré dónde puedo conseguir unas. Aunque… ¿sabías que, si metes la cabeza en un cubo de hojalata y te ríes, el sonido que se produce es para poner los pelos de punta al más valiente?

—Si supiéramos si va a hacer viento esa noche… podríamos abrir las ventanas y dejar que el sonido se colara en la clase —continúa Marta.

—¡Ese efecto es genial! —exclama Edu—. Siempre queda bien en las películas de terror, cuando el viento mueve las cortinas como si fuera a arrancarlas.

Y los dos chicos siguen deliberando sobre lo que pueden hacer para organizar una auténtica noche del terror en la clase de Marta.

Al mismo tiempo, alguien más hace planes horripilantes. Pero en su caso no es por diversión, ni mucho menos. Para él se trata de algo totalmente serio.

Y su intención tampoco es asustar a alguien.

Su objetivo es Yoko. ¡Es a él a quien quiere atrapar!

Thor van Sneider, el cazador.

El cazador de Yoko.

Capítulo 2

Thor van Sneider se pone unos gruesos guantes de piel. Parece bastante absurdo, ya que su casa está bien caldeada, pero para él es fundamental que sus manos no sufran daño alguno. Solo así podrá seguir manejando sus valiosas armas de precisión y conseguir blancos seguros siempre que se lo proponga.

También se coloca unas gafas protectoras. En la etiqueta de la botella marrón que sostiene en las manos hay dibujada una calavera, y como todo el mundo sabe, esto significa que su contenido es peligroso. Unas gotas de ese líquido bastarían para hacer un agujero en una gruesa chapa de acero a una velocidad pasmosa.

Van Sneider levanta con cuidado el tapón y vacía lentamente el contenido de la botella en un recipiente de cristal.

—¡Qué bien que este condenado brebaje no ataque el cristal! —murmura—. Y ahora, el otro potingue…

Coge una segunda botella, que también está preparada sobre la mesa.

Comprueba una vez más que lleva las gafas bien colocadas y levanta el tapón. Acerca el cuello de la botella al borde del recipiente y vierte el segundo líquido con precaución.

Finalmente asiente, satisfecho.

—Muy bien. Veamos...

Thor van Sneider se ha acostumbrado a hablar consigo mismo en voz alta. Seguramente se debe a las largas temporadas que pasa en solitario, durante sus expediciones de caza por las regiones más desérticas del globo. Con el paso de los años, eso no ha curtido únicamente su piel, sino también su corazón.

A continuación se desprende de los guantes, se pone las gafas en la frente, va a la cocina, saca un muslo de pollo del frigorífico y lo deja caer con cuidado en el recipiente de cristal.

Los vapores ascienden, y luego los ácidos corroen la carne, soltando burbujas. Van Sneider vuelve a colocarse las gafas en su sitio a toda velocidad.

Cuando poco después el hueso, libre de carne, cae lentamente al fondo del recipiente de cristal, el cazador silba entre dientes, va de nuevo a la cocina y regresa con un tenedor. Con él acerca el hueso a la superficie, para poder observar mejor el resultado de su experimento.

—¡Argggg, qué idiota! —exclama al ver la tontería que ha hecho, ya que las púas del tenedor empiezan a disolverse al instante y está a punto de quedarse solo con el mango en la mano.

—Vaya, vaya... Parece que este condenado mejunje cumple lo que promete. Con él no me será difícil mantener a raya a mi animalejo favorito. Solo tengo que conseguir más cantidad, y entonces podré hacer desaparecer a cualquiera sin dejar huellas. Aunque sea al mismísimo jefe de policía...

El olor picante del hueso de pollo al disolverse también hace estornudar a Van Sneider, que sonríe antes de seguir hablando:

—¡Hay que reconocer que este potingue también sirve para despejar la nariz!

Entonces saca del bolsillo del pantalón un frasquito vacío de gotas para la congestión nasal y recoge con precaución un poco del líquido. Luego cierra el frasquito con cuidado y vuelve a guardárselo en el bolsillo.

—Ya está. Ahora vamos a ver cómo están mis animalitos...

Vuelve a colocarse las gafas en la frente, coge un paquete de azúcar de un armario de la cocina y baja con él al sótano.

Al pie de la escalera hay un perro tumbado. Van Sneider lo empuja a un lado con la punta del pie.

El animal lloriquea débilmente y se queda allí tirado, sin moverse. Es un perro mestizo que recuerda a un *cocker,* y parece totalmente drogado. Mira a Van Sneider con ojos cansados en busca de ayuda. Pero el cazador se limita a decirle en tono despectivo:

—¡Bah, maldito chucho! Tú mismo tienes la culpa de estar así, por probar el agua del baño de mis animalitos. A pesar de todo, te doy las gracias por tu curiosidad. ¡Así puedo saber que mi plan funciona...!

En un rincón del sótano sin ventanas hay una lámpara colgada sobre una bañera de zinc, con una bombilla especial. Esas lámparas suelen encontrarse en los invernaderos y a veces también en los acuarios, ya que sirven para estimular el crecimiento de las plantas.

En la bañera hay unos cinco o seis centímetros de agua turbia. Van Sneider se inclina sobre ella y espolvorea un poco de azúcar en la superficie.

—Bueno, mis queridos bichitos: aquí tengo algo rico, rico, para vosotros. Así os haréis grandes y fuertes y os multiplicaréis como es debido. Necesito muchos, muchos de vosotros, para conseguir que todos los malditos perros de esta ciudad se duerman como Blancanieves al morder la manzana.

Un plan tan malévolo y astuto como el mismo Thor van Sneider, que no piensa retroceder ante nada para recuperar a su perdido yeti, aunque todos los perros inocentes de la ciudad tengan que sufrir por ello.

Una vez vendidos sus derechos de imagen a la televisión, Yoko le hará rico, y el contenido de esa bañera debe acercarle a su meta. En ella hay cientos de diminutas pulgas de agua que Van Sneider ha traído desde lo más profundo de la selva virgen, y cuya picadura produce un efecto somnífero especialmente fuerte en pequeños mamíferos.

Thor van Sneider supone que el yeti se esconde en algún sitio de la ciudad, y su siniestro plan consiste en distribuir las pulgas por toda ella por medio de un *spray*. Los veterinarios van a tener mucho trabajo..., y tarde o temprano, Yoko tendrá que acabar en la consulta de alguno de ellos. Naturalmente, cualquier veterinario se dará cuenta enseguida de que Yoko no es un simple perro, la noticia correrá como la pólvora... y entonces sonará la hora del cazador.

Capítulo 3

Como mañana es sábado y Marta y Edu no tienen demasiada prisa por hacer los deberes, han podido sentarse tranquilamente a planificar la noche del terror. Yoko los ha escuchado con interés mientras se columpiaba en la lámpara de la cabaña del jardín.

Edu no se despide hasta que se ha hecho de noche. Marta y Yoko le acompañan hasta la puerta, y cuando salen al jardín, se llevan una gran sorpresa. ¡Ha empezado a nevar! Poco todavía, pero es la primera nevada del invierno. Las vacaciones de Navidad ya están a la vuelta de la esquina, aunque para esta época del año aún hace bastante calor, y la delgada capa de nieve empieza a deshacerse enseguida.

—Y yo que pensaba que no íbamos a tener un auténtico invierno... —dice Edu.

—Mira, Yoko, ¡esto es nieve! —le explica Marta.

Pero Yoko no la escucha. ¡Está encantado! Enseguida empieza a dar volteretas y a revolcarse en la nieve que no se ha derretido aún.

—*Yau, yoppa, yoppa... ¡Kui, kui, kuuuu!* —ruge una y otra vez, alucinado.

Marta y Edu nunca le habían visto tan juguetón. Solo cuando empieza a meter el morro en la nieve y a lamer la poca que hay, Marta interviene:

—Es capaz de comerse toda la nieve del jardín... ¡Deja eso, Yoko!

Pero es difícil frenar al pequeño yeti. Marta y Edu le observan sonrientes. Lo malo es que pronto deja de nevar y el entusiasmo de Yoko se convierte en desilusión cuando nota que la nieve se ha derretido en un momento. Totalmente confuso, levanta las patas al cielo, como si quisiera atraer de nuevo los copos blancos.

Los chicos se acercan a él para tranquilizarle.

—Vamos, entra conmigo en la cabaña —le dice Marta—. Tengo una sorpresa muy rica para ti.

Yoko trota desconsolado detrás de ella. Pero ni siquiera se le alegra la cara cuando Marta le da una tableta de chocolate helado, y la mordisquea un poco indiferente.

—¡Ufff, es tardísimo! —exclama Edu, y se despide definitivamente.

Esta vez, Marta no le acompaña fuera de la cabaña. Prefiere quedarse con Yoko, que se ha encaramado a su arcón frigorífico para acurrucarse en un rincón. Tiene un aspecto tan triste que da pena verlo.

Marta lo acaricia suavemente.

—Mi pequeño peluche… —le susurra con cariño, y sigue acariciándolo hasta que Yoko se duerme.

Entonces Marta sale de la cabaña y se va a la cama, pero no puede dormirse.

Mil pensamientos bailan en su cabeza. Solo ha visto tan triste a Yoko cuando lo encontró por primera vez hace meses, cerca del aeropuerto. Recuerda lo deprisa que desapareció la tristeza del pequeño yeti y cómo eso había borrado sus dudas acerca de si era correcto quedarse con él.

Marta nunca ha querido reflexionar mucho sobre las cosas que Yoko puede echar de menos: sus padres, su casa… Pero es evidente que, para él, tiene que haber habido una vida antes de la que tiene ahora. Marta siempre ha preferido apartar esos pensamientos de su cabeza, porque quizá habrían significado tener que separarse de él. También sus padres la han apremiado para que investigue el lugar del que procede Yoko, ya que su dueño seguramente lo echa de menos.

—No lo echan de menos. Si le hubieran querido, no le habrían tratado tan mal. ¿Por qué estaba tan triste, si no, cuando lo encontré? —les responde siempre Marta—. Ya veis lo bien que está ahora con Edu y conmigo.

A pesar de todo, Marta también ha dudado a veces de si es correcto esconder a Yoko en la cabaña del jardín. Y ahora se pregunta, además, por qué nunca ha hablado de ello con Edu. Quizá también a él le preocupen las mismas cosas.

Esta noche, la repentina tristeza de Yoko ha reavivado de golpe todas las dudas de Marta. Pero ¿por qué precisamente hoy?

Marta no para de dar vueltas y más vueltas en la cama, hasta que se hace el firme propósito de hablar con Edu sobre el porvenir de su peludo amigo.

Es muy tarde cuando al fin consigue caer en un sueño inquieto.

A la mañana siguiente, Marta se levanta enseguida para hacer una visita a Yoko antes del desayuno. Pero al acercarse a la cabaña ve que él no está durmiendo sobre su arcón frigorífico, como de costumbre a esa hora, sino bien despierto y en la misma puerta.

Muy derecho, con las patas levantadas al cielo, Yoko exclama una y otra vez:

—*¡Kui, kui, kuuuuuuu!*—su voz suena triste, casi desesperada.

Marta se acerca rápidamente a él, y Yoko le echa los brazos al cuello y esconde el morro debajo de su brazo.

—*Kui, kuuuuuuuu...* —solloza muy bajito.

Durante unos segundos, levanta la cara de nuevo, mira a Marta con ojos tristes y se pega otra vez a ella.

—Ven, quédate aquí un momento —le dice Marta, conduciéndole al interior de la cabaña—. Voy a buscar algo para desayunar. ¿Qué te parecen unas patatas fritas congeladas?

Yoko se pasa la pata derecha por la barriga.

—Muy bien, ¡que sean patatas! Yo prefiero unos *cornflakes...* —ríe Marta, y deja solo a Yoko mientras va a casa a buscar el desayuno.

Cuando regresa poco después con una bolsa llena de víveres, le espera la segunda sorpresa de la mañana. Yoko ya no está solo. Edu está con él, preparando la mesa para el desayuno. Ha encontrado algunos cubiertos y también ha traído panecillos tiernos y cacao.

—¡Hola, Edu! —le saluda Marta mientras saca los congelados de la bolsa. ¡Todo junto apenas cabe en la mesa!—. Hummm..., esto va a ser un desayuno de lujo. La cuestión es quién se lo va a comer.

—Pues ¿quién va a ser? —ríe Edu, que enseguida mira a Yoko.

El pequeño yeti ya se ha lanzado sobre el paquete de patatas fritas congeladas que Marta ha traído para él y las saborea contentísimo, como si fueran colines. Su tristeza se ha esfumado.

También Marta recupera el buen humor y se dedica a disfrutar del desayuno con sus dos amigos.

Después del banquete, Edu se cuelga la guitarra eléctrica, enciende los altavoces y toca un par de acordes. Marta enseguida lo acompaña a la batería.

Y Yoko se deja contagiar por el ruidoso ambiente. Coge una percha y golpea uno de los tambores de Marta hasta hacerlo temblar. Después coge el micrófono, se coloca las gafas de sol y canta:

—¡Yeah, yeah, yeah,
yoppa, yoppa, yoppa,
yippi, Edu, yippi, Marta,
yippi, Yoko, yippi, yeah!

Edu y Marta le hacen los coros, y entre música y risas, la mañana pasa rápidamente para los tres.

Por la tarde, los chicos tienen planeada una excursión al mercado de Navidad.

—¿Qué hacemos con Yoko? —pregunta Edu.

—Llevarle con nosotros, claro —contesta Marta.

—Ya, no quería decir eso, sino, *¿cómo* lo llevamos? Cuando lleguemos al mercado, seguro que querrá andar a dos patas para poder fisgonear en todos los puestos. Cualquiera podría fijarse en él y...

—Mmmm..., ¿qué te parece si le ponemos mi capa impermeable? —propone Marta.

—¿La que usas para montar en bici?

—Esa. Con ella encima será como si Yoko desapareciera. Además, al no tener mangas, no le asomarán las patas.

Marta y Edu a menudo tienen que inventarse disfraces para Yoko, ya que un perro caminando sobre sus patas traseras llamaría demasiado la atención entre la gente. Los dos son tan cuidadosos porque están casi seguros de que Thor van Sneider no se ha dado por vencido en la búsqueda del pequeño yeti.

Poco después, Yoko está embutido en la capa impermeable. También Marta y Edu se han puesto ropa parecida, porque está lloviendo con fuerza. Afortunadamente, la parada no está lejos y el autobús no se hace esperar. Aunque está bastante lleno, Yoko consigue un asiento de ventanilla, mientras Marta y Edu tienen que quedarse de pie.

Marta insiste en colocar la capucha de Yoko bien baja, para que la cara peluda de su amigo no sorprenda a nadie, pero Yoko se empeña en echársela hacia atrás. Al parecer ya ha tomado por un juego eso de subirse y bajarse la capucha, y Marta acaba dejándolo por imposible.

Una señora mayor se sube al autobús en la siguiente parada. Avanza muy decidida hasta Yoko y le dice:

—¿Qué, joven, le dejarías el sitio a una anciana?

—*¡Yuuuuu!* —contesta Yoko—. *Sitio-tio-tio-tio, ¡yuuuuu!* —pero se queda sentado, entre otras cosas porque no entiende lo que la señora quiere de él.

Antes de que Marta se lo pueda explicar, la señora insiste:

—¿Me dejas el sitio de una vez, joven? —y golpea enérgicamente el asiento de Yoko con su bastón.

Ahora es cuando el pequeño yeti lo entiende todo. ¡Esa señora quiere que él toque la batería en el asiento! Así que se levanta de un salto, le arranca el bastón de las manos y empieza a dar su concierto... ¡en vivo y en directo!

Marta y Edu no son capaces de intervenir, de pura risa.

Nada más terminar su actuación, Yoko se sienta otra vez igual de deprisa que se ha levantado.

Los chicos no paran de reírse, pero la anciana no lo encuentra ni pizca de gracioso:

—¿Qué modales son esos? Hay que ver… —regaña a Yoko, al tiempo que da un tirón a su capucha.

Pero Yoko ya conoce el juego y… ¡ZAS!, tira del sombrero de la señora y se lo mete en la cara.

La anciana, indignada, se coloca el sombrero en su sitio y, antes de haber terminado la frase «¡Esto ya es el c…!», el sombrero vuelve a taparle la cara.

Otros viajeros empiezan a reírse también. La mujer está tan furiosa que no encuentra palabras, y empuja a Yoko con su bastón. Él se lo arranca otra vez de la mano a toda velocidad, y ante sus ojos espantados… ¡se lo come!

La gente del autobús estalla en carcajadas.

—¿Han visto eso? —pregunta alguien.

—¡Increíble! —comenta otro pasajero.

—Parece un perro… ¿Cómo habrán logrado entrenarlo así? —añade alguien más.

—¡Alucinante! —secundan varias personas.

En ese momento, el autobús se detiene en la siguiente parada y Marta y Edu agarran a su protegido y escapan rápidamente.

—¡Esa mujer se lo merecía, por mandona! —exclama Edu sin parar de reír.

—Sí, pero casi nos descubren... —replica Marta mientras coge de la mano a Yoko—. ¡Esta bola de pelo siempre tiene que meternos en líos!

¿Y qué dice Yoko a eso?

Pues suelta un «¡Pfffffffff!!» y, como si fuera una metralleta, empieza a escupir toda una ristra de astillitas del bastón que acaba de comerse.

Edu tiene que aguantarse la risa... ¡y las ganas de animar a Yoko a seguir haciendo disparates!

Enseguida llegan a la plaza del mercado. Las casetas con regalos y adornos de Navidad están abarrotadas de gente. Ha oscurecido ya, y cientos de luces de colores lo envuelven todo en un resplandor mágico. El aroma de las casetas de golosinas es tan delicioso que Marta se distrae un momento y suelta a Yoko.

Pero él no sale corriendo, como es su costumbre. La música navideña que resuena en los altavoces le gusta tanto que empieza a moverse allí mismo, balanceándose a un lado y a otro. Y no le basta con eso... Antes de que los chicos puedan intervenir, se quita la capa impermeable para moverse con más libertad.

Marta y Edu se quedan parados, pensando qué hacer, cuando alguien deja caer una moneda al pasar a su lado. Una mujer exclama, bastante impresionada:

—¡Lo habéis hecho fenomenal, chicos! Conseguir que vuestro perro haga algo así... ¡Enhorabuena! —y otra moneda cae a los pies de Yoko.

En poco tiempo, un buen número de personas se reúnen en torno al pequeño yeti, y el montón de dinero empieza a crecer a toda velocidad. Por fin, Yoko acaba dejándose caer a cuatro patas, agotado y medio mareado. Los que le rodean aplauden encantados, y el grupo se deshace tan rápidamente como se ha formado.

Edu recoge enseguida el dinero y Marta envuelve otra vez a Yoko en la capa impermeable.

Mientras se mezclan entre la gente, Edu susurra a su amiga:

—¡Con todo este dinero, seguro que podemos dar de comer a Yoko durante meses!

Como es natural, no se van del mercado sin comprarse algunas golosinas que saborearán juntos en la cabaña del jardín de Marta, a salvo de accidentes.

Antes de despedirse, los chicos cuentan el dinero que ha ganado Yoko, y como a él no le interesa lo más mínimo este detalle, se acurruca en su arcón frigorífico y se duerme satisfecho.

Capítulo 4

Martes por la tarde. ¡Por fin ha llegado el momento!

Marta ha hecho todos los preparativos para la noche del terror en clase. Su colchón hinchable se encuentra en perfecto estado: lo comprobó ayer. Lo enrolla junto con el saco de dormir, bien apretados en un fardo que ata con un cinturón viejo y que se cuelga al hombro a modo de prueba.

—¡Queda muy chulo! —dice, mientras se mira en el espejo.

Después echa un vistazo a las cosas que ha extendido por el suelo: su libro de terror favorito, una linterna de bolsillo y el chándal.

Sin pensárselo más, vuelve a abrir el fardo, guarda en su interior todas esas cosas y lo vuelve a enrollar otra vez todo antes de echárselo al hombro. Mete en una bolsa los comestibles que ha puesto aparte para el desayuno común en la escuela, añade una bolsa grande de patatas fritas, ¡y su equipo ya está listo!

A las ocho, todos deben encontrarse en el patio de la escuela. Hasta entonces, a Marta le queda tiempo de sobra para acercarse a ver a Yoko. Además, Edu quería pasarse por la cabaña antes.

Marta se despide de sus padres y se dirige a la cabaña con todas sus cosas.

Edu ya está allí, con Yoko, inclinado frente a la pantalla del ordenador.

—¡Hola, Edu! —saluda Marta.

—¡Hola, Marta! —responde él—. Acabo de hacer una búsqueda en Internet con la palabra «terror» y he encontrado muchísimas entradas, sí, pero nada que me sirva para animar un poco vuestra noche.

—Entonces... ¿vas a venir de verdad?

—¡Pues claro! Ya lo habíamos hablado, ¿no?

—Sí, pero creí que lo decías en broma...

—¿Crees que no debo ir?

—No es eso, aunque..., no sé... —contesta Marta, insegura. Ahora que ha llegado el momento, le entran todas las dudas de golpe; al fin y al cabo, no quiere tener problemas—. Es que, ¿sabes?, nuestra profesora...

—Descuida, no voy a hacer ninguna burrada —la tranquiliza Edu—. Se trata de divertirse, nada más.

—¿Prometido?

—Prometido.

Marta le planta un beso rápido en la mejilla y él se queda cortadísimo. No se lo esperaba para nada. Ni siquiera es capaz de mirarla.

Yoko salva la situación al colocarse entre los dos y empezar a besuquear a Edu hasta hacerle reír e incluso gritar:

—¡Quieto! ¡Me haces cosquillas!

También Marta estalla en carcajadas.

Los tres bromean un rato más, hasta que llega el momento de que Marta se ponga en camino hacia la escuela. Edu se quedará con Yoko hasta que el pequeño yeti se duerma, y después se acercará al colegio de Marta para montar su numerito fantasmal. Ella piensa en qué pasaría si le diera otro beso a su amigo, pero decide dejarlo por el momento.

Como despedida, Yoko aúlla:

—*¡Yooouu, yooouu! ¡Huuuuuiiii! ¡Huuuuuiiii!* —con lo que queda muy claro que sabe perfectamente lo que sus dos amigos van a hacer a la escuela. ¡Si hasta se ha puesto un enorme mantel blanco por encima, como si fuera un fantasma! Incluso parece bastante decidido a acompañarlos…

—¡Tú te quedas aquí, listillo! —dice Marta mientras le quita el mantel—. Tranquilito y callado, ¿estamos?

En la escuela ya está la señora Lucas, la profesora de Marta, que va recibiendo a los alumnos en el vestíbulo.

—Esperaremos aquí hasta que lleguen todos vuestros compañeros —dice.

Una gran idea, porque fuera está empezando a hacer un frío tremendo.

Poco a poco van llegando los participantes de la noche del terror. La mayor parte vienen acompañados por sus padres, cosa que a Marta le parece una tontería. Naturalmente, ella ha venido sola. Y también encuentra algo bobo que algunos compañeros traigan hasta una maleta. El fardo atado con un cinturón queda mucho más chulo. Todavía una mochila, podría pasar, pero una maleta…

La señora Lucas charla un poco con los padres y por fin empieza a contar a los participantes:

—¡Ya estamos todos! —afirma—. Y ahora, si los padres me permiten un momento… Mañana temprano desayunaremos juntos y nos despediremos hasta después de las vacaciones de Navidad —la palabra «vacaciones» es acompañada por vítores. La profesora espera a que los padres se vayan, y después empieza a dar instrucciones—: Llevad vuestras cosas a la clase, para preparar el campamento de noche. Cuando terminéis, nos encontraremos otra vez aquí, ¿de acuerdo?

—¿Vamos a hacer una excursión nocturna? —pregunta una alumna.

—Ya veremos. He estado pensando en algo, y estoy segura de que os va a encantar...

—¿Qué es?

—Os lo explicaré más tarde, cuando volvamos a encontrarnos aquí. Quien tenga una linterna, que se la traiga. ¡Ah!, y otra cosa importante...

La señora Lucas va a la puerta de entrada y hace algo con lo que Marta no había contado: ¡Cierra la puerta con llave! Eso echa por tierra todos los planes terroríficos de Edu...

—Así nos aseguraremos de no recibir visitas desagradables —comenta la profesora.

¡Qué rabia! Marta está segura de que Edu se va a llevar una desilusión.

A una señal de la señora Lucas, todos se dirigen a la clase para extender los colchones hinchables, los sacos de dormir y las almohadas para pasar la noche. Durante un buen rato se organiza un jaleo enorme. Y en medio de todo ese barullo... de repente suena una lúgubre música de órgano. Viene de los altavoces que están colocados en todas las clases.

Una voz cavernosa interrumpe la música:

—¡Atención, atención! Todos los huesos de carne y persona... ejem... quiero decir... todas las personas de carne y hueso entiérrense... digo... reúnanse en la planta baja, por favor.

—¡La señora Lucas! —chillan todos a la vez—. ¡Es la señora Lucas, poniendo voz de fantasma!

En un momento, todos han terminado y corren escaleras abajo hasta el vestíbulo. Allí les espera la próxima sorpresa.

Ante el espectáculo que se les ofrece, se quedan pasmados. La luz está apagada, y en el suelo, formando un círculo, hay velas encendidas que bañan el recinto en una luz mortecina. En el centro del círculo se reconoce el perfil de una figura vestida con una especie de hábito de monje. Con el gran capuchón echado sobre el rostro, permanece allí, muda e inmóvil.

Como es lógico, todos sospechan que se trata de su profesora, pero aun así, hay cierta tensión en el aire. Nadie habla ya en voz alta. Se encienden las linternas para enfocar a la figura del círculo, que se limita a hacerles una seña con la mano para que se agachen. Algunos, inseguros, sueltan una risita nerviosa, pero la mayoría obedecen la orden en silencio y se acomodan en el suelo.

—¿Todas las almas sin descanso se han reunido aquí? —pregunta la señora Lucas con voz fantasmagórica—. ¡Pues bien, oíd entonces lo que tengo que anunciaros! La hora del terror ha sonado, y puesto que el tiempo es hoy tan frío y húmedo, no haremos la excursión nocturna propuesta por vosotros —su explicación se ve interrumpida por fuertes murmullos de protesta, por lo que enseguida añade—: Pero he preparado algo que os gustará mucho más...

—¿Qué es, qué es? —preguntan todos.

—Dejaos sorprender. Eso sí: hay que seguir unas estrictas reglas del juego. ¿Quién de vosotros tiene linterna?

Todos sin excepción levantan la mano.

—Por favor, ponedlas todas aquí dentro —ruega la profesora mientras les pasa un cesto.

Cuando todas las linternas han sido recogidas, la señora Lucas continúa:

—A partir de ahora se cumple la regla número uno: nada de luces. Enseguida las apagaremos todas. Regla número dos: si oís esta señal, venid todos inmediatamente hacia mí. ¡Y cuando digo *todos,* quiero decir *todos!* ¿Está claro?

Entonces hace sonar un pequeño gong chino que acaba de sacar de su amplio hábito. Un sonido perfecto, muy acorde con una noche de terror.

Los chicos asienten, muy impresionados.

—¡Vamos, vamos, prometed que cumpliréis mis órdenes, por los huesos convertidos en polvo del torturado espectro que habita esta escuela! —exige la profesora, y como golpe de efecto hace resbalar el haz de luz de una vela por las caras de los chicos y después por las paredes del vestíbulo.

Aunque los alumnos cuchichean y se ríen, siguen atentos al resplandor. Pero cuando este de pronto se congela en un esqueleto colocado al pie de la escalera, el murmullo general queda cortado en seco.

—¡Bufs, menudo susto me he llevado! —susurra Ivón, que está sentada junto a Marta.

—Ya me imaginaba que a la señora Lucas se le habría ocurrido algo especial... —añade Marta también susurrando—, pero la verdad es que lo está haciendo genial, ¡mejor de lo que esperaba!

En ese instante, el resplandor de la vela desaparece y la señora Lucas ordena:

—Marta, Ivón: llevaos una linterna e id a apagar todas las luces de la clase y de los pasillos.

¡Vamos, daos prisa! Los demás, quietos donde estáis.

Marta y su compañera salen corriendo. La profesora se pone de pie, coge dos velas y se dirige lentamente hacia el esqueleto. Coloca las velas muy cerca de él y vuelve al círculo. Envuelto en esa débil luz, el esqueleto resulta aún más fantasmal.

Marta e Ivón regresan enseguida y devuelven la linterna a la profesora.

—¿Misión cumplida? ¿Luces apagadas? —pregunta esta.

Marta e Ivón asienten.

La señora Lucas se aclara la garganta y, subrayando mucho las palabras, dice:

—Entonces veamos lo que el espectro de la escuela nos ha preparado… ¡Y que nadie toque nada! ¡Es una orden!

La profesora se levanta y cruza el vestíbulo con aire ceremonioso, en dirección a la escalera. Cada pocos pasos se detiene y toca el gong, con lo que los chicos la siguen en una especie de procesión.

—Esto es... espeluznante... —murmura Marta.

Aunque sabe que todo es puro teatro, no puede librarse de una sensación inquietante. Se le pone la carne de gallina al pasar cerca del esqueleto. Ahora entiende por qué la señora Lucas ha recogido las linternas. Si todos las tuvieran encendidas por allí, ¡aquello no sería ni la mitad de emocionante!

Por fin, la profesora se para delante del aula de música y espera a que todos los alumnos se reúnan a su alrededor. Entonces abre la puerta muy despacio. Se vuelve una vez más hacia ellos, se lleva el dedo índice a los labios y empuja la puerta.

Un aroma denso y desconocido viene a saludarles. Lo que aquí les espera es realmente impresionante... Nada recuerda ya a un aula escolar. No hay mesas ni sillas, sino cojines y alfombras distribuidos por el suelo. Del techo cuelgan sábanas, dando la impresión de estar en un bazar oriental.

En las ventanas hay velas cuyos reflejos se multiplican en los cristales simulando un mar de luces. La pizarra está cubierta con una tela negra. Delante está la mesa del profesor, sobre la que se ha colocado también un paño negro, de modo que parezca un estrado. Encima hay una gran vela encendida, y junto a ella, una calavera en la que alguien ha colocado una varita de humeante incienso.

La señora Lucas se sienta sobre la mesa, con las piernas cruzadas, y los chicos se van acomodando sobre los cojines y las alfombras.

Todos están mudos de asombro, hasta que por fin Marta levanta la mano y dice:

—Señora Lucas, ¡esto es... es... alucinante!

Todos están de acuerdo y la secundan con un aplauso.

—Bueno, los demás profesores me han echado una mano —confiesa la señora Lucas—. ¡Nos lo hemos pasado de miedo organizando todo esto!

—¿Y de dónde han sacado el esqueleto y la calavera? —pregunta una chica en voz baja.

La profesora finge descubrir justo en ese momento la calavera que está a su lado y dice:

—De dónde viene es también un enigma para mí. Desde luego, ayer no estaba aquí... —hace una pequeña pausa y añade, pensativa—: Quizá haya algo de cierto en la historia de la venganza del malvado espectro de la escuela…

—Edu y yo nunca lo hubiéramos hecho tan bien —se le escapa a Marta.

—¿De qué hablas? —pregunta Ivón.

—No importa —susurra Marta.

En realidad, solo ha pensado en voz alta. Por suerte, su compañera no sigue preguntando, ya que en ese instante la señora Lucas vuelve a hacer sonar el gong:

—Bien, seguramente todos conocéis ese cuento de los hermanos Grimm en el que un hombre decidió aprender lo que era el miedo —algunos afirman y otros no, pero la profesora continúa—: Esa historia es bastante pavorosa, pero no lo suficiente como para contárosla hoy a vosotros… Aquí necesitamos algo *verdaderamente* terrorífico. De modo que, si no os parece mal, quiero contaros una historia que os hará estremecer de pánico…

—¡Uauuuu, genial! —se oye un grito.

—¡Pero que sea de terror de verdad, ¿eh?! —resuena otro grito.

—¡Sí! ¡Nada de cuentos para niños! —salta un tercero.

—Muy bien, si estáis de acuerdo, os la contaré. Pero antes debéis prepararos, porque esta historia no es para nervios impresionables —dice la profesora—. Tenéis que fortaleceros primero, así que, para todos los aspirantes a vampiros entre vosotros, he preparado un cubo lleno de sangre. ¡Ah!, y quien lo desee, puede comer también cabezas de monstruo. ¡Una comida terrorífica es lo más adecuado para una larga noche de lecturas pavorosas!

A continuación va hacia un rincón del aula y retira un mantel. Debajo aparece un cubo lleno de un líquido rojo, con una calavera y dos huesos cruzados como decoración. También hay vasos con dibujos siniestros, y galletas de chocolate con formas espeluznantes... ¡y deliciosas!

—¡Vamos, os invito a todos a un banquete cadavérico! —exclama la profesora.

Mientras todo esto sucede en el interior de la escuela, fuera hay alguien que no está de humor para fiestas.

Edu acaba de comprobar que la entrada está cerrada con llave. ¡Qué fastidio! No había contado con eso.

Rodea el edificio con cuidado y prueba a ver si hay alguna ventana abierta por la que colarse. Pero es inútil. No hay posibilidad de entrar. Durante un segundo, Edu piensa en romper un cristal, pero desecha la idea enseguida. Le ha prometido a Marta no pasarse.

De pronto empieza a nevar con fuerza.

«¡Lo que me faltaba! ¡Qué asco de frío!».

Edu decide regresar a casa. No le queda otro remedio.

«Bueno, quizá sea mejor así», piensa mientras se sopla las manos porque no lleva guantes. «Si al menos el saco con las cadenas de hierro no pesara tanto...».

Si Edu se hubiera pasado otra vez a ver a Yoko, sabría que al menos alguien se alegra mucho de que nieve y haga tantísimo frío.

Yoko da volteretas sobre la nieve acumulada en el jardín de Marta. Menos mal que es tarde y la mayoría de la gente ya está durmiendo. Si no, se extrañarían enseguida al ver el comportamiento de este curioso «perro».

—*Yau, yoppa, yoppa... ¡Kui, kui, kuuuu!* —berrea Yoko, encantado, mientras trata de recoger a puñados la nieve que cae suavemente—. *¡Yau! ¡Kui, kui, kuuuu! ¡Kui, kui, kuuuu!*

De repente, su cara satisfecha se ilumina todavía más y echa a correr hacia la cabaña del jardín. Allí agarra una pequeña bolsa de un estante y se pone el gran mantel blanco sobre la cabeza.

Así equipado, sale corriendo de nuevo. Su meta está clara: ¡Marta!

Yoko sabe que, justo ahora, Marta está en la escuela, y él ya conoce muy bien ese lugar porque armó allí un gran barullo que no pudieron parar ni los profesores, ni el conserje, ¡ni siquiera los bomberos!

El pequeño yeti también sabe que en este momento se está celebrando allí la noche del terror, ¡y él no quiere perdérsela por nada del mundo!

A fin de cuentas, cualquiera que le vea con ese aspecto no dudaría en tomarle por un fantasma.

Puedes leer esta aventura en el número 2 de esta colección: *Yoko alborota la escuela.*

Capítulo 5

No solo Yoko, Marta y toda su clase están bien despiertos y ocupados a estas horas de la noche. También Thor van Sneider sigue trabajando en su siniestro plan para cazar al yeti.

Después de haber alimentado con azúcar a sus queridos animalitos del sótano, se gira hacia el perro, que sigue tendido en el frío suelo y ni siquiera se queja.

Van Sneider lo empuja con la punta de la bota, para asegurarse de que todavía no ha perdido el conocimiento. El perro le mira un momento, con los ojos medio cegados.

Van Sneider sube a su cuarto-arsenal. Allí están todas sus armas y utensilios de caza, bien limpios y cuidadosamente ordenados. Desde la más simple cerbatana para flechas envenenadas al más moderno subfusil de precisión con visor láser. Desde multitud de anzuelos de las formas más diversas, hasta trampas para osos, calzado para la nieve, cuerdas de alpinismo, tiendas de montaña, trineos de perros, lámparas de espeleólogo, cazamariposas, repelentes de mosquitos y un largo etcétera. Todo lo que un cazador profesional puede necesitar.

En un rincón, colgado del techo, hay un manojo de ramas secas. Van Sneider coge de un estante un cuchillo de supervivencia y sierra un par de centímetros de una rama del grueso de un dedo. Se lo lleva a la cocina y, con un rallador, empieza a raspar el trocito de rama. Recoge cuidadosamente las partículas de serrín en una olla pequeña, le añade agua y la pone en el fuego. Mientras da vueltas en la olla con el cuchillo, mira embelesado su contenido, que se va tiñendo de oscuro y forma una espuma marrón al cocer.

Entonces Van Sneider hace algo de lo más extraño: se quita una de sus botas de piel, y tras ella el calcetín. A continuación coge un vaso grande y, usando el calcetín como colador, vierte en él el contenido de la olla hirviendo, para filtrar así los restos de la ebullición. Agarra el calcetín con las puntas de los dedos, lo sacude en el cubo de la basura... ¡y vuelve a ponérselo en el pie!

Aunque el calcetín está ardiendo, Van Sneider no mueve ni un músculo. Para él no existe el dolor.

El cazador se concentra en el contenido del vaso, poniéndolo a contraluz, antes de calzarse de nuevo la bota y bajar al sótano con el líquido que acaba de obtener. Una vez allí, echa una parte de la cocción en un sucio plato de aluminio y se lo ofrece al perro:

—Toma, bebe, chucho apestoso. Es un filtro milagroso. Tu curandero particular te asegura que es el único remedio contra la enfermedad del sueño.

Pero el perro no parece dispuesto a beber. Está demasiado débil para levantar siquiera la cabeza. Maldiciendo, Van Sneider le salpica el morro con un poco del líquido. El perro traga.

—¡Bebe! Hay que probar el efecto de este potingue. Si va bien contigo, llegado el caso puedo sanar también a ese maldito yeti.

El perro se relame, abre los ojos y levanta la cabeza.

—¡Vaya, parece que te gusta! —sonríe Van Sneider—. Bueno, ¡bébetelo todo de una vez! Veremos si funciona. Me da lo mismo cómo te siente a ti, pero al yeti lo necesito sano. ¡Voy a convertirlo en dinero! —impaciente, vierte el resto del líquido en el plato y lo coloca directamente bajo el hocico del perro.

—Mañana vendré a verte. Todavía tengo mucho que hacer…

También Yoko tiene mucho que hacer.

Está frente a la puerta cerrada de la escuela, y aunque un poco defraudado al no poder entrar, conserva su buen humor. La nieve tiene ya unos diez centímetros de espesor, y Yoko está encantado con ella.

Se pone el mantel por encima de la cabeza y juega un ratito a los fantasmas delante de la puerta. ¿Podrán verle desde dentro?

De repente se acuerda de cómo puede entrar en el edificio, aunque esté cerrado. Ya usó una vez ese camino para salir de allí sin ser visto, y por donde se puede salir... ¡también se puede entrar!

—*¡Yoppa! ¡Komma, komma! ¡Jujujuuuu!* —exclama, y echa a andar a tientas por el patio de la escuela.

—Ahora sentaos y prestad atención —dice la señora Lucas—. Ha llegado la hora del terror...

Los alumnos se van acomodando en el suelo y ella espera hasta que todo queda en silencio. Entonces va hasta la ventana y sopla las velas allí encendidas. La clase queda sumida en tinieblas.

Solo queda la luz de la vela grande situada junto a la calavera.

La señora Lucas vuelve a sentarse sobre la tarima con las piernas cruzadas. La débil corriente de aire que produce al moverse basta para que la llama de la vela tiemble y provoque sombras caprichosas en el techo cubierto de telas, algo que pone los pelos de punta a todos los chicos.

El humo de las velas recién apagadas permanece en el aire. La profesora pone una música muy suave en un radiocasete. Marta nunca había oído una melodía así: un coro de voces masculinas interpretando notas largas y melancólicas en un idioma que parece... ¿latín?

—Escuchad este antiguo, antiquísimo canto —les invita la profesora—. La leyenda dice que, si se aguza el oído, se puede escuchar a unos monjes difuntos cantar a coro desde sus tumbas de piedra, al pie de su monasterio en ruinas.

La música resuena, hueca y profunda, y a Marta se le pone otra vez carne de gallina.

Todos permanecen callados y escuchan.

—¡Más alto! —exclama de pronto uno de los chicos.

La profesora hace como si no hubiera oído la interrupción, balancea levemente la cabeza de un lado a otro y se entrega a la música. El sonido de las lúgubres voces llena el aula. La señora Lucas enciende otra varita de incienso con una vela, la coloca en una de las cuencas vacías de la calavera y empieza a contar en voz muy baja y misteriosa…

Era una noche sin estrellas. La lluvia azotaba los tejados de las casas en la pequeña aldea de montaña. El viento empujaba las nubes, tan cercanas ya a la tierra como para mezclarse con la niebla que, en aquella época del año, humeaba sobre los campos.

Pero al enorme monasterio construido sobre un pequeño altozano parecía no estorbarle el raudal de lluvia. No es extraño, ya que sus tejados estaban cubiertos con planchas de pizarra, algo que no podían permitirse las humildes techumbres de la aldea.

Y sin embargo, más allá de los muros del monasterio había un lugar que, a pesar de la dureza del tiempo, se mantenía caliente: la tienda del honrado maestro panadero Luidger.

Klodewig, su joven aprendiz, estaba barriendo los restos de carbón en el horno, una tarea que debía cumplir cada mañana, después de haber amontonado los panes recién horneados. Estaba sacudiéndose la harina y las cenizas del delantal, cuando entró el maestro Luidger.

—Klodewig, tengo una tarea para ti.

—¿Una tarea?

—Debes ir al monasterio a traer un poco de linaza para mí.

—¿Linaza? ¿Del monasterio? Yo creía que vos la comprabais en el mercado.

—Es demasiado cara. Los frailes siembran el lino ellos mismos; naturalmente, solo el que necesitan para su uso personal... Pero el hermano Ignacio siempre consigue... digamos, apartar unas cuantas semillas de linaza para mí... Los granos que se han caído al cribar el lino y que de otra manera se barrerían por descuido, ya sabes...

—Entiendo —afirmó Klodewig.

—Él recoge estos granos... «desaparecidos» en un saquito que guarda para mí en su celda. Así que vete ahora a verle y...

—¿Ahora? ¿En mitad de la noche?—se extrañó el joven Klodewig—. Está oscuro como boca de lobo y...

—¡Precisamente por eso! —aclaró el maestro Luidger—. ¿No será que tienes miedo?

Klodewig sacudió la cabeza enérgicamente y el maestro continuó:

—A esta hora, la mayor parte de los monjes están dormidos, y eso es lo mejor para nosotros. Así que tienes que darte prisa, antes de que todos se levanten y se reúnan para rezar sus oraciones.

—Muy bien —contestó Klodewig, y se sintió orgulloso y al mismo tiempo unos cuantos años mayor, porque su maestro le confiaba una tarea tan importante.

El maestro panadero explicó finalmente a Klodewig que debía encontrar la celda del hermano Ignacio en el monasterio con el mayor de los sigilos, y le entregó varias cosas:

—Estos dulces son para el hermano portero que vigila la entrada. Dile que te envío yo y te dejará pasar. Y aquí tienes una jarra de vino para el hermano Ignacio.

El maestro ordenó a su aprendiz que se pusiera en camino inmediatamente, y eso hizo Klodewig enseguida..., sin sospechar que aquel camino resultaría funesto para él.

—Ya va siendo hora de que empiece lo horripilante, ¿no? —le susurra Marta a Ivón.

La profesora enciende una nueva varita de incienso y la coloca en la otra cuenca vacía de la calavera, que adquiere un aspecto aún más espeluznante.

La señora Lucas desliza su mirada lentamente entre sus oyentes y dice:

—Así ocurre en la vida… y en las historias: primero, las cosas parecen fáciles e inofensivas, pero después…

Había un buen trecho hasta el monasterio, y el viento y la lluvia azotaban la cara de Klodewig. Aun así, lleno de confianza, el joven aprendiz de panadero seguía pisando con firmeza el blando suelo arcilloso.

Pero cuando a la escasa luz de las estrellas reconoció los negros sepulcros del cementerio, aminoró el paso y notó un nudo en la garganta. Las tumbas se veían amenazadoras, asomando entre jirones de niebla.

Klodewig tuvo que dominarse para no dar media vuelta. Aunque el frío viento silbaba en sus orejas, su cara ardía como el pan al salir del horno. De día, seguramente no habría dudado ni un momento en acortar el camino a través del cementerio, pero de noche…

Klodewig respiraba con dificultad. Su maestro le había dicho que se diera prisa.

«Ya soy mayor como para tener miedo», se dijo para darse ánimos, de modo que aspiró profundamente y eligió el camino más corto entre las tumbas.

El terror le invadió. No miró a derecha ni a izquierda. Sus ojos estaban fijos en el suelo embarrado. Su paso se hizo cada vez más rápido, y tenía que esforzarse para no derramar ni una gota del vino de la jarra.

Por fin cruzó aliviado el portón exterior del monasterio. Siguió adelante por el patio desierto, sin hacer ni una pausa para tomar aliento. Llegó a la puerta interior y tiró de la cuerda que hacía sonar la campanilla. Se abrió un pequeño ventanuco y asomó una nariz ganchuda.

Klodewig le ofreció los dulces:

—Me envía el maestro Luidger. Voy a ver al hermano Ignacio.

Una mano flaca emergió apresuradamente por el ventanuco e hizo desaparecer los dulces. Después, la pesada puerta se abrió rechinando y Klodewig entró.

—Sigue el claustro hasta la estatua de san Jorge con el dragón y las tres calaveras. Entonces tuerce a la izquierda. Delante del scriptorium *hay una escalera empinada. Baja por ella, continúa después hasta dejar la cocina a la izquierda y tuerce a la derecha. La celda del hermano Ignacio es la penúltima.*

Sin prestarle más atención, el monje de la nariz ganchuda se dedicó a engullir los dulces.

Klodewig siguió el camino descrito. No sabía lo que era un claustro, pero el monje le había señalado la dirección con la mano. Al llegar a la estatua de san Jorge, supo que iba bien encaminado. De aquí partía un pasillo a la derecha y otro a la izquierda. El que debía seguir era el más oscuro…

—¡Adelante sin miedo! —murmuró Klodewig, y se adentró en la inquietante oscuridad.

Estaba rodeado por gruesos muros de piedra. Sus pasos resonaban, y por todas partes le parecía ver sombras agazapadas, acechándole. Klodewig se detuvo un momento y miró a su alrededor. La oscuridad a su espalda era exactamente la misma que se abría frente a él.

Notó cómo el miedo se le iba enroscando en la nuca y echó a correr, cada vez más deprisa.

¡Por fin una escalera! Abajo brillaba la luz pálida de una vela.

Klodewig descendió con cuidado los desgastados peldaños de piedra. Al pie de la escalera se abría un pasillo a la izquierda y otro a la derecha. Al menos aquí había una vela encendida, y seguramente día y noche, porque bajo estas bóvedas era imposible que llegara la luz del sol.

¿El monje de la nariz ganchuda había dicho «izquierda» o «derecha»? No había ni un alma a quien poder preguntar. Klodewig apretó los puños hasta que le dolieron los huesos.

¡De repente escuchó un ruido detrás de él!

—¡Eh! ¿Hay alguien ahí? —llamó con un hilo de voz.

«... ahí, ahí, ahí...», oyó resonar.

Al fin se decidió por el pasillo de la derecha y echó a andar. El resplandor de la vela fue desapareciendo tras él, aunque a lo lejos pudo divisar la próxima luz.

—Solo hasta allí y nada más —se animó él mismo.

Al llegar a la siguiente vela se encontró en otro cruce. ¡Aquello era para volverse loco! ¿Acaso su maestro solo quería ponerle a prueba, asustándole? ¿Y si no existiera ningún hermano Ignacio?

Klodewig tomó una decisión: mejor que su maestro se riera de él, que dar un paso más.

Pero precisamente cuando Klodewig iba a darse la vuelta, creyó ver el perfil de una figura al final del pasillo. Se echó mano al corazón y se acercó, vacilante.

¡Allí estaba la figura! Inmóvil. Con un hábito negro muy largo, la capucha cubriéndole por completo el rostro y una especie de gran bastón en la mano.

Con el valor de la desesperación, Klodewig se acercó lo bastante para hacerse oír:

—Busco al hermano Ignacio. ¿Podríais vos ayudarme?

—¿De qué te serviría? Ignacio está muerto…

«… muer…to, muer…to», resonó el eco en el pasillo.

—Pero… ¡eso no puede ser! Mi maestro me ha enviado a verle. Tenía una cita con él.

—Está muerto —«muer…to…», se oyó de nuevo en el pasillo.

—Y vos… ¿cómo lo sabéis? Quiero decir… ¿cómo estáis tan seguro de que el hermano Ignacio ha muerto?

—Lo sé… ¡porque yo soy la Muerte!

A Klodewig se le heló la sangre en las venas. Estaba paralizado. La jarra de vino se escurrió entre sus dedos y se hizo añicos.

La figura se acercó a él con pasos muy lentos. Klodewig quería huir. Cada fibra de su cuerpo le gritaba: «¡Corre! ¡Sal de aquí!». Pero era como si sus miembros no le obedeciesen ya. Parecía haber echado raíces, clavado en el suelo.

Ya a su lado, la figura le preguntó:

—¿Quién eres tú?

—¿Yo? —se oyó decir Klodewig—. Soy Klodewig, hijo de Klodewig, aprendiz de panadero del maestro Luidger.

—¡Qué encuentro más acertado! —habló la Muerte—, porque tú eres el próximo al que debía venir a buscar.

Klodewig retrocedió, impresionado, giró sobre sus talones y echó a correr por el pasillo, dejando atrás a la siniestra figura.

La atronadora risa de la Muerte resonó entre los muros de piedra:

—¡Ja, ja, ja! Nadie ha escapado jamás de mí, ¿lo oyes?, ¡nadie! ¡Ja, ja, ja! Te alcanzaré antes de que caiga el nuevo día... ¡Ja, ja, ja!

Klodewig corrió y corrió. Derecha, izquierda, izquierda, derecha, escaleras arriba, lejos del horror que quedaba a sus espaldas.

—¡Prestadme vuestro asno! —le pidió a su maestro nada más llegar a la panadería, sin saludarle siquiera, sin explicación alguna.

Luidger vio enseguida que algo horrible había sucedido, pues su aprendiz había envejecido años en menos de una hora. Su piel fresca y joven ahora estaba cenicienta, y sus rasgos se veían marcados por el terror.

—Puedes llevártelo, claro, pero...

Klodewig no esperó el final de la frase, y solo un momento después estaba a lomos del asno.

Su meta era Colonia. Una vez allí, iría a la gran catedral, rogaría misericordia a Dios, huiría de la Muerte...

Apremió al asno sin piedad. Todavía estaba oscuro, pero el día que comenzaba ya clareaba a sus espaldas por el este. Sabía que, si se apresuraba, podía llegar a la gran ciudad hacia el atardecer. Lejos, lejos, hacia el oeste.

Klodewig solo miraba adelante, y cuando a mediodía alcanzó la cima de la última colina, se atrevió por primera vez a girar la cabeza.

¡Gracias a Dios! Ningún espectro, ningún hombre, ningún animal en lo que alcanzaba la vista.

Sintió su corazón más ligero. Había dejado atrás a la Muerte. Creyó incluso reconocer ya en el horizonte las altas torres de la catedral de Colonia. A pesar de todo, no se permitió un descanso.

Llegó a un bosque. Primero avanzó deprisa, porque ya no tenía que enfrentarse al viento. Pero cuanto más se internaba en el bosque, más estrecho era el sendero. Las ramas de los árboles y arbustos parecían querer atraparlo.

De repente se abrió ante él una estrecha garganta. ¿Estaba en el buen camino? ¡Daba lo mismo! ¡Adelante!

Las matas de espinos le rasgaban la ropa y le arañaban hasta hacerle sangre, como si quisieran decir: «¡Detente! ¡No sigas! ¡No por esta garganta!». Pero Klodewig no quería ni pensar en darse la vuelta. ¡Adelante!

Las rocas estaban tan pegadas unas a otras por encima de él, que podría creerse que formaban una sola. El sol no encontraba camino hasta el suelo, y él tiritaba... no solo de frío. Lo estaba notando otra vez, ese miedo que se adueñaba de él y ascendía lentamente por su espalda. Era como si la estrechez de las rocas también quisiera estrujarle el corazón. Miraba a su alrededor cada vez con más frecuencia. El viento aullaba lúgubre entre las rocas. ¿Se oía un ruido de cascos detrás de él? ¿Era la Muerte?

Trató de darse ánimos y gritó:

—¡No! ¡Solo son los cascos de mi asno! ¡Eso es mi propio eco!

—¡Ja, ja, ja! —resonó una carcajada a su espalda.

Klodewig intentaba no girar la cabeza, cuando de pronto…

¡ÑIIIIIC!

La puerta del aula de música se abre de golpe y una corriente de aire apaga la única vela. Los alumnos chillan y se agarran unos a otros, aterrados. La oscuridad es total.

—¡Que no cunda el pánico! —trata de tranquilizarles la señora Lucas—. La puerta se ha abierto sola y la corriente ha apagado la vela. ¡No hay motivo para alarmarse!

Pero el griterío continúa. Por fin, la profesora encuentra su linterna y enfoca hacia la puerta.

Una de las alumnas aprieta el interruptor de la luz.

—¡No se enciende! —exclama, alarmada—. ¡La luz no funciona!

—¡Tranquilos, chicos! —les explica la profesora—. Quitamos las bombillas de esta aula, para conseguir un efecto que...

Pero no se le entiende nada más porque, en ese momento, desde algún lugar del edificio, alguien grita con voz de ultratumba:

—*¡Yohuuu, yohuuu, huuuuuh!*

Los chicos se levantan, muy asustados, y también la señora Lucas parece confusa ahora.

Marta es la única que no pierde los nervios. Sospecha quién está jugando a los fantasmas por allí, y levanta los puños con entusiasmo.

—¡Uau! ¡Edu lo ha conseguido! —exclama.

Por suerte, entre tanto barullo, nadie la oye. Marta se alegra un montón. ¡Edu no habría podido elegir mejor momento!

Capítulo 6

La cuestión es que el responsable de ese numerito de terror no ha sido otro que Yoko.

No le ha resultado fácil encontrar la entrada a la escuela. Estaba muy bien camuflada bajo una capa de nieve.

Y es que lo que Yoko buscaba era nada menos que la tapa de una alcantarilla. Después de haberla encontrado, todo lo demás ha sido un juego de niños para él, sobre todo contando con sus fuerzas de oso: levantar la tapa y... ¡alehop!, dentro del pozo; después, poner la tapa y bajar por la canalización. Ya lo hizo una vez, y sabía exactamente qué camino tenía que seguir para salir directamente al sótano de la escuela.

Cuando Edu y Marta hicieron sus planes para la noche del terror, Yoko los había escuchado atentamente. No sabía muy bien lo que era el terror, pero tenía que ser algo divertidísimo, y por eso quería hacer todo lo que Edu había planeado. En principio, la broma debía servir para crear un ambiente terrorífico, y para ello tenía que llegar hasta el lugar donde se encontraban los chicos. Eso no fue fácil, porque todos estaban muy callados, pero después de asomarse a muchas aulas, por fin había dado con ellos. Por supuesto, todas las puertas que fue abriendo facilitaron las corrientes de aire en el edificio de la escuela…

Ahora, Yoko está sentado en el sótano, y permanece a la escucha. Sabe exactamente cómo continuar. Tras el ataque de la corriente de aire, Edu quería reír dentro de un cubo, y después hacer ruidos con una cadena. Así que Yoko agarra uno de los cubos de hojalata para uso del personal de limpieza y se encamina arriba.

Cuando llega al pasillo, se coloca el cubo delante de la boca y aúlla:

—*¡Yoou! ¡Youuu! ¡Huuuh! ¡Huuuu! ¡Youuu! ¡Hohohoooo!*

Aunque la profesora ha conseguido tranquilizar un poco a sus alumnos, aquellos espantosos lamentos hacen su efecto.

Los chicos empiezan a chillar, aterrorizados:

—¡Es la Muerte!

—¡Viene por nosotros!

—¡Estamos perdidos!

Marta también está asustada, pero por otra razón... ¡Acaba de darse cuenta de que el bromista de los ruiditos no es Edu, sino Yoko! ¿Cómo se le habrá ocurrido a su amigo traerse al pequeño yeti? ¡Es de locos!

Mientras tanto, Yoko ha pasado a la tercera fase de la noche del terror. ¡El numerito de las cadenas! Para ello, se tapa por completo con el mantel blanco que se ha traído de la cabaña y se dirige a la puerta del aula de música, que está otra vez cerrada por la corriente de aire. (El golpetazo logró asustar hasta a la señora Lucas).

Yoko coge sus cadenas y abre la puerta de un tirón. Casi al mismo tiempo, el haz de luz de la linterna de la profesora se fija en él. Pese a los gritos de pavor de los alumnos, Yoko lleva tranquilamente hasta el final su espectáculo.

Pero... ¿qué cadenas son esas que sujeta entre sus patas peludas? Marta tiene que contenerse para no soltar una carcajada.

En la pata derecha sujeta los restos de una vieja cadena de bicicleta, y en la izquierda, un collar de Marta, regalo de comunión de su madrina, ¡una antigualla!

—*¡Yoouuh! ¡Huorr, huorrrrr! ¡Ruuss, ruusssssss!* —exclama Yoko, al tiempo que mueve las cadenas de un lado a otro.

El momento de terror ha pasado, y ahora, todos se ríen. Solo se trata de un crío que se ha puesto una sábana por encima y quiere asustar a los mayores. ¡Qué divertido!

«Hay algo que ha entendido mal», sonríe Marta para sus adentros.

El espectáculo dura solo un momento, y después de haber vencido el primer momento de desconcierto, la señora Lucas se lanza sobre el fantasma, linterna en mano.

Yoko se salva con un salto lateral, se pone a cuatro patas y echa a correr. La señora Lucas avanza detrás de él, pero Yoko ya ha desaparecido por el pasillo.

Todos los chicos se lanzan a perseguirlo. Alguien enciende las luces y, poco después, todos están

en el vestíbulo iluminado, sin saber qué hacer. ¡El pequeño fantasma ha desaparecido!

Marta aprovecha el revuelo para deslizarse hasta el sótano. Supone dónde tiene que buscar y va derecha al cuarto de la calefacción. ¡Justo! El cubo, la cadena de bici y su collar le dicen que no se ha equivocado. Y enseguida encuentra también el mantel. Pero Yoko ya se ha escapado.

Se guarda la cadena y el collar en un bolsillo, se esconde el mantel debajo del jersey y vuelve al vestíbulo… donde le espera la siguiente sorpresa. ¡La policía está a la puerta de la escuela!

Al parecer, a algún alumno, presa del pánico, le ha dado por llamar a sus padres desde su móvil, y ellos no han dudado en avisar a la policía. En comisaría han dado la alerta al coche patrulla más cercano… y esto ha puesto sobre la pista al reportero David Rivero, alias *el Perdiguero,* siempre a la escucha de la emisora de la policía.

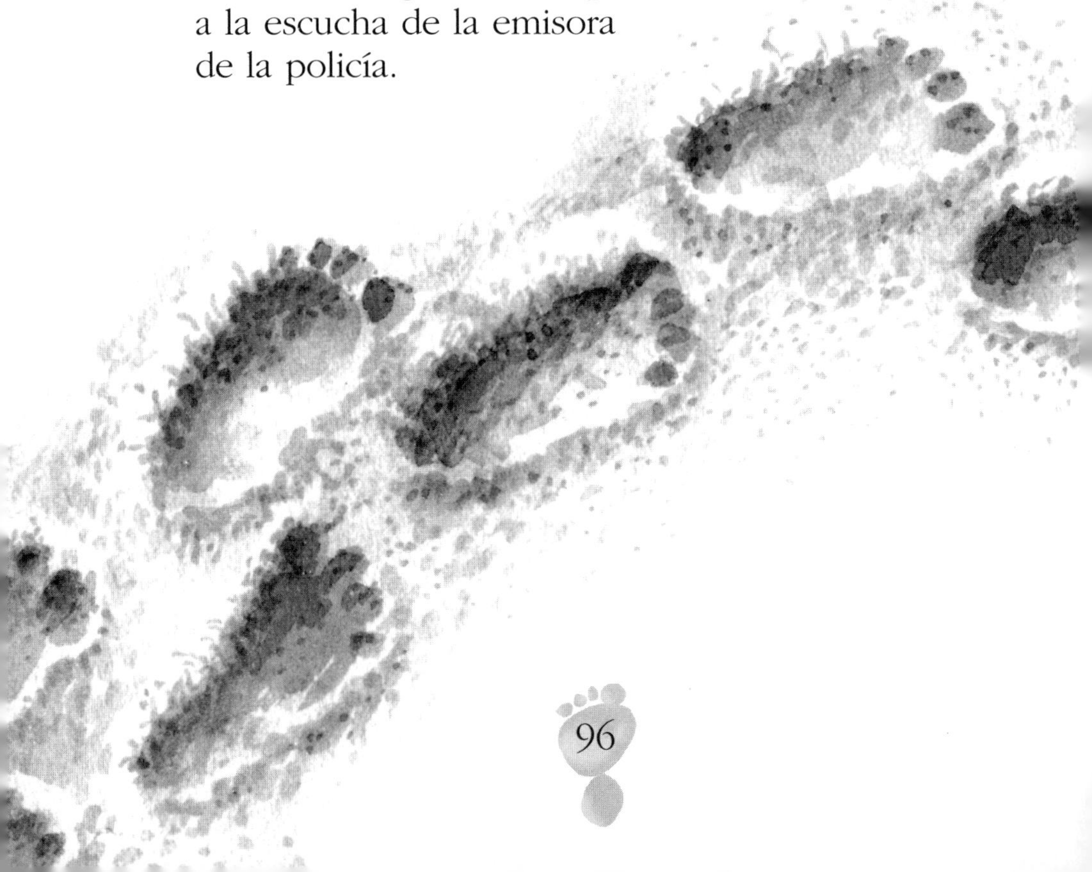

En realidad, eso no está permitido, pero el reportero Rivero es capaz de cualquier cosa por conseguir una buena historia. ¡A veces llega al lugar de los hechos incluso antes que la policía! Y eso es lo que ha ocurrido esta vez. Él estaba el primero a la entrada de la escuela, y lo que ha descubierto le ha dejado boquiabierto.

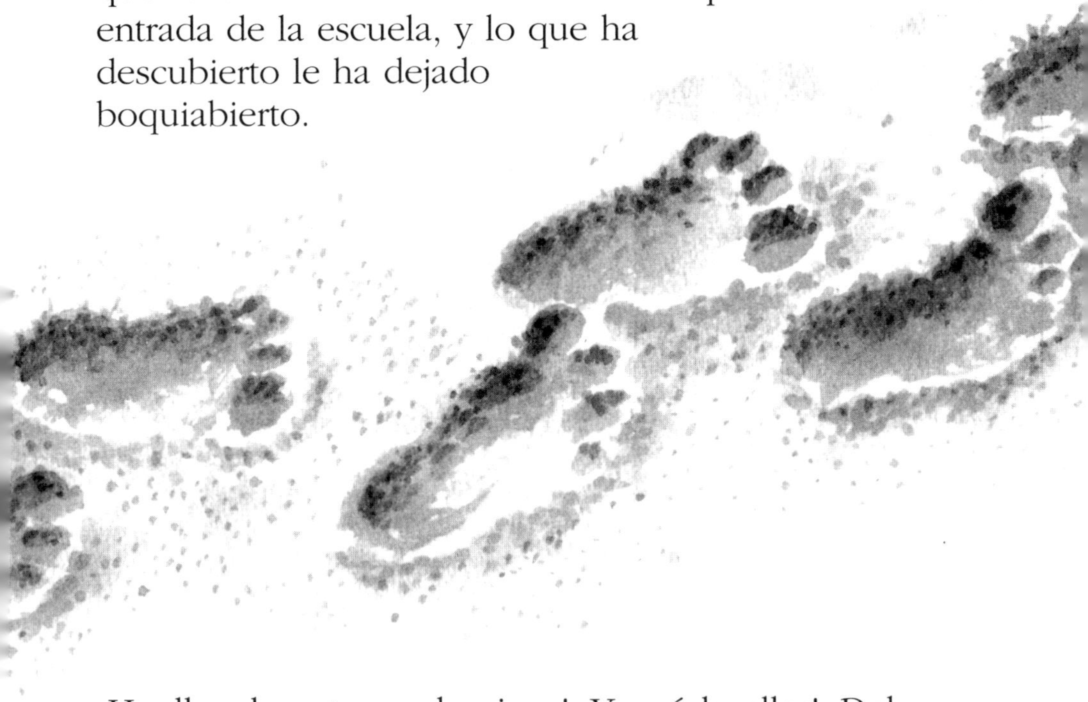

¡Huellas de patas en la nieve! ¡Y qué huellas! ¡Del tamaño de un oso! ¡Increíble!

Enseguida ha hecho unas cuantas fotos. El rastro es fácilmente reconocible en la capa intacta de nieve del patio de la escuela, y se pierde ya en la calle, entre las abundantes huellas de neumáticos. David Rivero trata de seguir el recorrido, y avanza calle abajo. Quizá las huellas aparezcan de nuevo en alguna parte…

—¿Seguro que todo está en orden, señora? —pregunta un policía a la señora Lucas.

—Completamente, agente —afirma ella—. Yo misma he visto al intruso. No era más que un niño con una especie de ridícula sábana blanca por encima. Una ocurrencia infantil, ¿comprende? Nos hemos asustado un poco al principio, pero se trataba de algo inofensivo.

—Si ha sido uno de sus alumnos, tendríamos que encontrar la sábana —dice el policía—. ¿Y si la buscáramos entre todos, para que usted se quede tranquila?

—No es necesario —interviene Marta, y le entrega el mantel al policía—. Estaba en la escalera.

Él observa detenidamente a Marta y pregunta a la profesora:

—¿Qué? ¿Podría ser de este tamaño?

—Sí, podría ser —contesta la señora Lucas—. Aproximadamente era así, una tela blanca. Pero estaba tan oscuro y todo pasó tan rápido...

—No me refiero a la tela, sino a la niña.

—Ah, ¿Marta? No, ella es mucho más alta.

—Podría haberse agachado bajo la tela —replica el policía.

—Bueno, ¿sabe usted? Claro que Marta podría haberse agachado —dice la señora Lucas, cogiendo el mantel de las manos del policía—. Pero también podría haber sido cualquiera de mis alumnos..., y la verdad es que no deseo averiguarlo. Solo ha sido una broma, algo que forma parte de la noche del terror que estábamos celebrando. No creo que este sea un caso para la policía. Además, hemos dejado nuestra historia de miedo a medias, y no nos gustaría perdérnosla, ¿verdad, chicos?

—¡Eso es! —exclama uno de los alumnos.

—¡Queremos saber cómo sigue esa historia! —añade otro.

—¡Sí, queremos ver cómo acaba! —grita un tercero.

—En ese caso, lo mejor será que nos marchemos —dice el policía.

—Muy bien —asiente la señora Lucas—. Gracias de todas maneras por haber venido tan rápido.

—Es nuestro trabajo, señora —responde el policía, que se lleva la mano a la gorra y hace ademán de irse.

Pero en ese momento vuelve el reportero David Rivero y se cruza en su camino. Por suerte para Yoko, no ha ido demasiado lejos con la búsqueda de sus huellas.

—Vea usted eso, agente —dice Rivero al policía, mientras señala el suelo del patio—. ¿Qué le parece ese rastro? ¿No le resulta extraño? Debería llamar usted a sus colegas de la policía científica, para que investiguen esas huellas.

El policía, que conoce bien al *Perdiguero,* replica al instante:

—Bueno, bueno, Rivero, no vayamos a hacer ahora una montaña de un grano de arena.

—Pero... esas huellas... ¡son sencillamente increíbles! —insiste el reportero.

Marta se da cuenta del peligro que eso puede suponer para Yoko y reacciona con rapidez:

—¡Eh, chicos! ¡Nieve! ¡Esto es la guerra!

No necesita repetirlo. Sus compañeros salen corriendo y emprenden de inmediato una batalla de bolas de nieve. David Rivero trata de frenarlos, pero es demasiado tarde. Las huellas de Yoko ya están borradas.

—¡No os habéis puesto los abrigos! —les regaña la señora Lucas—. Por favor, venid dentro. ¡Vais a coger una pulmonía de muerte!

—¡Ja, ja, ja! ¡Muerte, muerteeee! —exclaman los chicos, y hasta la profesora sonríe.

Después de haberse atizado unos cuantos bolazos de nieve, los alumnos entran en la escuela, dispuestos a escuchar el final de la historia de miedo. Vuelven a apagar las luces y se reúnen de nuevo en el aula de música. La señora Lucas enciende la gruesa vela, coloca otra vez la cinta en el radiocasete y deja que suene. Aunque la música dura bastante tiempo, nadie protesta. Todos escuchan atentamente.

—Vamos a recordar... —dice la profesora—: La Muerte había anunciado a Klodewig que se lo llevaría antes de que cayera el día. Invadido por el pánico, Klodewig intenta huir de ella emprendiendo un viaje hacia Colonia. Allí quiere pedir la ayuda de Dios en la gran catedral. Hemos acompañado a Klodewig en su huida de la Muerte hasta una estrecha garganta. Está aterrado. La oscuridad entre las rocas le recuerda a los pasillos del monasterio, donde se topó con su amenaza...

Por fin, Klodewig dejó atrás la garganta y llegó a un río. ¡Adelante! Nada de descansar. Nada de pensar en lo que podría estar a sus espaldas.

En una curva del río, encontró una manada de lobos. ¿Querían solo beber, o su intención era atacarle? El miedo se adueñó nuevamente de él durante unos segundos, pero el coraje de la desesperación acabó imponiéndose y lo empujó adelante. Los lobos huyeron de él.

En la llanura había más claridad, pero al mismo tiempo menos protección. Si la Muerte estuviera detrás de él, no podría esconderse. Seguramente ella viajaba en un corcel mucho más rápido que su pobre asno.

Desesperado, azuzó al burro, que parecía avanzar cada vez más despacio. No era extraño. La Muerte no le perseguía a él, sino a su jinete.

Klodewig acabó desmontando, ya que pensó que así iría más deprisa. Por un momento, incluso consideró la posibilidad de dejar atrás al animal, pero le dio lástima y cambió de idea. Tiró de las riendas del asno mientras le decía:

—Los lobos vendrían por ti. Y eso sería tu muerte segura. Muerte... Otra vez esa maldita palabra. ¿Es que no puedo pensar en otra cosa?

Con una mirada atrás se aseguró de que nadie le seguía. Frente a él ya no se distinguían solo los perfiles de la catedral, sino también los muros de la ciudad de Colonia. Esa certeza le prestó nuevas fuerzas y avanzó con paso firme.

Pronto, las sombras se volvieron más largas y el sol fue hundiéndose tras la ciudad. ¡Era imprescindible que llegase hasta ella antes del crepúsculo!

Cuando ya parecía que el rojo astro iba a desaparecer en el horizonte, Klodewig por fin llegó a Colonia. Ató al asno ante las puertas de la ciudad. ¡Tenía ganas de reír de alegría! Allí, entre el bullicio, nadie lo encontraría.

Pero apenas traspasó la puerta, oyó una voz conocida que le llamaba por su nombre. Se quedó paralizado, como tocado por un rayo. Al volverse, allí estaba: ¡la Muerte!

Todos se estremecen. La señora Lucas hace una breve pausa y coge la calavera con ambas manos. Bajando la voz, sigue contando:

Klodewig no era capaz de moverse. No podía ni tragar saliva.

Con pasos lentos, la Muerte se acercó a él, con su hábito largo hasta el suelo y la capucha cubriéndole el rostro descarnado. Entre sus manos huesudas sujetaba lo que Klodewig tomó antes por un simple bastón, y que no era sino una guadaña.

—¡Klodewig! Por fin estás aquí…

—Sí, pero… —tartamudeó el chico, con la garganta seca.

—¿Por qué estás sorprendido? Muchos de los que me llevo tienen motivo para sorprenderse. Otros no, porque me esperan.

—Sí, pero…

—Yo te dije que vendría a buscarte hoy. Ciertas cosas están decididas de antemano.

—Sí, pero…

La Muerte se acercó tanto que Klodewig se vio obligado a mirar las cuencas vacías de sus ojos.

Ella extendió una mano hacia él mientras le susurraba con la más siniestra de las voces:

—¿Sabes? Esta mañana fui yo quien se sorprendió al encontrarte en el monasterio… porque lo que estaba escrito y decidido era caer sobre ti ahora, en este lugar, en este mismo instante…

La Muerte dejó caer muy despacio su pálida mano sobre el hombro de Klodewig.

Y él se desplomó lentamente.

La señora Lucas deja a un lado la calavera y guarda silencio.

—¿Lo mató? —Ivón es la primera en hablar.

—¿La historia termina así? —pregunta otro chico.

—Por lo que yo sé, sí —contesta la profesora.

—¡Qué fuerte...! —susurra Marta, impresionada. Enseguida se vuelve a Ivón y dice—: Una historia tremenda. ¡Tengo que contársela a Edu!

—¡Seguro que Klodewig solo se ha desmayado de miedo! —exclama alguien.

—O a lo mejor lo ha soñado todo —se oye otra opinión.

—Quizá... —dice la señora Lucas, con aire enigmático, mientras vuelve a encender algunas velas—. Y ahora, todos a vuestros sacos de dormir. Iremos contando historias tenebrosas por turnos, hasta que nos durmamos, ¿os parece?

La noche del terror está resultando todo un éxito, y todos leen y se estremecen de miedo... hasta que se les cierran los ojos.

Capítulo 7

A alguien más se le cierran ya los ojos, después de estar toda la noche despierto.

En el laboratorio fotográfico del periódico *El Noticiero,* David Rivero, alias *el Perdiguero,* ha observado una y otra vez las fotos recién reveladas de las huellas de Yoko. Pero no ha sacado nada en claro.

Eso sí: recuerda haber visto ya unas fotos parecidísimas en un periódico de una gran ciudad. Unas imágenes que habían dado la vuelta al mundo, porque habían sido tomadas en el Himalaya y, al parecer, mostraban las huellas de un yeti, esa criatura fantástica cuya existencia nadie ha logrado demostrar.

Aquellas fotos debían ser la prueba de que el yeti existía realmente, pero lo que nunca se probó es que las imágenes fueran auténticas. Y ahora, precisamente él, David Rivero, ha hecho unas fotos parecidas…

¿Un yeti en su ciudad, tan lejos del Himalaya...? ¡Sencillamente absurdo!

Y la idea de que un oso polar haya estado paseándose por la nieve delante de una escuela es igualmente disparatada.

El caso es que esas fotos son un hecho, y las ha tomado él mismo. No puede ocultárselas a sus lectores. Pero ¿qué debe escribir a propósito de ellas?

El reportero Rivero lleva horas madurando su artículo. Solo encontrar los titulares supone todo un problema, y va tecleando distintas versiones en su ordenador:

FOTOS SENSACIONALES

¿HAY UN YETI EN NUESTRA CIUDAD?

Este titular le llevaría derechito a un manicomio. Tiene que buscar otro.

¡PELIGRO!: OSOS SUELTOS

MISTERIOSAS HUELLAS

DELANTE DE UNA ESCUELA

Sin un aviso del zoo que pueda confirmarlo, esto tampoco suena muy convincente.

David Rivero hace un intento mucho más audaz:

¿VISITA DE MARTE?
INDESCIFRABLES HUELLAS
ENCONTRADAS EN EL PATIO
DE UNA ESCUELA

Una locura. Tampoco sirve.

Después de darle muchas vueltas, se decide por presentar el asunto como un enigma, y así lo envía a la imprenta:

¿QUIÉN CONOCE
ESTAS CURIOSAS HUELLAS?

Después de esta larga noche, David Rivero por fin se marcha a descansar a casa.

Cuando, a la mañana siguiente, el reportero llega a la redacción de *El Noticiero,* alguien está esperándole allí: Thor van Sneider.

David Rivero ya conoce a este hombre. Se vio mezclado en una historia sospechosa que estuvo investigando hace unos meses, pero ni la policía ni él pudieron probar ningún delito perpetrado por este sujeto de indumentaria tan extravagante.

Sin decir siquiera «buenos días», Van Sneider pone el periódico abierto sobre la mesa.

—¿Y bien? —pregunta David Rivero, fastidiado por los modales bruscos de este tipo, que se sienta antes que él y ni siquiera se ha quitado los guantes.

—La foto. Yo sé lo que es —es la respuesta de Thor van Sneider.

Rivero da un respingo en su silla. «¡Esto se pone interesante!», piensa, pero intenta que no se le note y dice con indiferencia:

—Bien, entonces podremos hacer un buen artículo juntos. Sin embargo, debo informarle de que nuestra redacción no dispone de dinero para...

—Usted no va a escribir una sola línea sobre esto, ¿entendido? —le interrumpe Van Sneider.

Rivero hace esfuerzos por permanecer tranquilo. ¿Qué pretende de él este hombre?

—Vamos por partes... —dice—. ¿Qué cree usted que muestra la foto?

—Las huellas de las patas de un yeti.

—Ajá... De un yeti... —repite Rivero, y procura ocultar una sonrisa de triunfo mientras pregunta amablemente, sin inmutarse—: ¿Y qué le lleva a usted a creer eso?

—Que yo conozco esas huellas.

—Ajá... Que usted las conoce... ¿Y cómo es eso, si me permite la pregunta?

—Resulta que yo soy cazador, y no un aburrido chupatintas como usted.

Por un momento, David Rivero está tentado de poner de patitas en la calle a ese grosero, pero por una buena historia es capaz de aguantar insultos como ese, e incluso mayores.

—Yo mismo encontré a ese yeti y lo traje aquí —Van Sneider arranca a Rivero de sus reflexiones y confirma al reportero que lo acertado era seguir escuchándole—. Lo capturé en el Himalaya. Pero se me escapó en el aeropuerto. ¡Es mío!, ¿comprende? ¡Solo mío!

—Yo no pretendo quitárselo, ni siquiera sé dónde está —afirma Rivero—, pero... ¿sabe? ¡Un yeti! Eso es una buena historia, incluso muy buena... Aunque, a todo esto... ¿tiene usted pruebas?

Thor van Sneider se quita un guante, echa mano a uno de los muchos bolsillos de su chaquetón forrado de piel y saca un pequeño aparato con muchos botones y una pantallita en la parte superior. Al apretar una tecla, en la pantallita aparece una flecha y debajo dos filas de números.

—Esto es un GPS, un aparato de localización en el que yo he programado exactamente dónde he cazado a esa best... a ese animal. Si se sigue esta flecha, conduce justo a la cueva en la que viven sus padres. Las líneas de números debajo muestran las coordenadas exactas para llegar a ese lugar en helicóptero.

Van Sneider pone el aparato delante de las narices de David Rivero, con cuidado de que su dedo pulgar cubra las líneas de números, para que el reportero no pueda leer las coordenadas.

—¿No tiene alguna prueba más? —pregunta Rivero, sin abandonar su tono amable.

—¡Esto ya es el colmo! —se indigna Van Sneider.

Esta vez *el Perdiguero* no intenta ocultar su sonrisa y le espeta a su visitante:

—¡Esos números pueden ser cualquier cosa! Y esa flecha podría llevarme a las pirámides de Egipto o a la mismísima muralla china. ¡Es ridículo! Nadie se lo tomaría en serio. No puedo escribir un reportaje con estos datos.

—¡Es que usted no tiene que escribir nada de esto! ¡Es mi historia! Yo quiero venderla, pero, naturalmente, no a un periodicucho como el suyo. Hay grandes diarios que pagarían mucho dinero por ella. Y la televisión, más todavía —brama Van Sneider.

—Entonces vaya usted a la televisión y enseñe allí su GPS. ¡Se reirán de usted! Ni siquiera puede presentar las fotos originales de las huellas. ¡Esas son mías!

Thor van Sneider se da cuenta de que el periodista tiene razón. Está acorralado. Su mirada parece querer taladrarle.

Por su parte, David Rivero repara en que el sujeto que tiene enfrente es peligroso, pero también sospecha que aquí se cuece una gran historia... en caso de que lo dicho por Van Sneider sea verdad, claro. Si al menos se pudiese probar... Esto le decide a hacer una nueva tentativa:

—Vamos a suponer que existe ese yeti, que a usted se le escapó, que yo he visto las huellas de sus patas y que está vagando por algún lugar de la ciudad…

—¿Y? —pregunta Van Sneider.

—Bien: nosotros, desde *El Noticiero,* podríamos ocuparnos de que toda la ciudad lo busque. Las probabilidades de encontrarlo serían muy grandes, precisamente en esta época del año, cuando va dejando huellas por todas partes. Pero, para emprender semejante acción, yo tendría que saber más…

—Quiere decir que yo tendría que contarle más… —Van Sneider empieza a entender.

—Compréndalo: yo tendría que escribir una historia interesante para los lectores.

—¡Pero él es solo mío!

—Yo no quiero arrebatarle su yeti, ni tampoco el honor de haberlo encontrado y cazado. Pero… podríamos hacer con ello *nuestra* historia.

Van Sneider reflexiona. Quizá ese mequetrefe pueda ayudarle de verdad a encontrar a su valioso animal. Y una vez que lo tenga, no sería difícil mandar al diablo al aprendiz de escritor…

También David Rivero le da vueltas al asunto. Si realmente hubiese un yeti, la noticia causaría sensación, aun cuando otro periódico, o incluso la tele, le robase la historia principal. Él, como reportero estrella, siempre habría sido el primero en escribir sobre ella.

—¿Y bien? —pregunta Rivero.

Thor van Sneider empieza a hablar. Le cuenta la historia completa. Las dificultades por las que pasó para cazar al yeti, cómo le perdió la pista después… Naturalmente, adorna un poco la narración, pero al reportero no se le escapa su falta de escrúpulos en el trato a los animales. Van Sneider tampoco menciona que lo único que le importa es el dinero.

David Rivero escucha y anota los puntos clave. Necesitará el resto del día para preparar su artículo. Como despedida, los dos deciden permanecer en contacto. Por ahora no se puede hacer más.

Son las tres de la tarde cuando Van Sneider sale de la redacción.

Casi a la misma hora, Edu llega a casa de Marta como un ciclón. El timbre la saca de la cama, porque después de volver de la escuela se ha echado a dormir. Nada extraño, después de haberse pasado prácticamente toda la noche en vela.

—¡Mira esto! —se limita a decir Edu cuando ella le abre la puerta, medio dormida.

Sostiene un ejemplar de *El Noticiero* entre las manos, y el titular dice:

¿QUIÉN CONOCE ESTAS CURIOSAS HUELLAS?

Debajo aparece la foto con las huellas de Yoko en la nieve.

Todavía en la puerta, Edu lee en voz alta las partes más importantes del texto:

— «... estas huellas encontradas en el patio de una escuela. ¿Una broma infantil? ¿O una inocentada con días de adelanto, ya que se aproxima el 28 de diciembre? En esta redacción no lo sabemos, pero quizá nuestros lectores y lectoras puedan ayudarnos. Nosotros seguiremos con la historia».

—Me lo temía. Al final, ese periodista se las arregló para hacer la foto... —se enfada Marta.

—¿De qué estás hablando? —pregunta Edu.

—Ven dentro primero. Estás como una sopa.

—Normal, con la que está cayendo —dice Edu.

Ya en el cuarto de Marta, ella le cuenta todo lo ocurrido la noche anterior.

—Bueno, no parece muy grave, pero... —Edu señala el periódico, pensativo.

—Por el momento no hay ningún peligro —le tranquiliza Marta—: Yoko no puede dejar más huellas porque la lluvia ha deshecho la nieve.

—Tenemos que acostumbrarle a que se ponga botas.

—Con esos pies gigantescos parecería bastante raro.

—Ven, vamos a verle —propone Edu.

Marta coge un paraguas y los dos van hasta la cabaña del jardín.

Yoko está tumbado en la misma puerta, cubriéndose los ojos con una pata. No tiene muy buen aspecto.

—Eh, Yoko, ¿qué te pasa? —pregunta Marta.

Pero Yoko no contesta, y se limita a abrazarse a ella.

—Seguro que es porque la nieve se ha derretido otra vez —dice Edu en voz baja.

Marta asiente y acaricia la espalda de Yoko. También Edu le pasa la mano por el pelo.

—Es invierno, y volverá a nevar pronto, tranquilo —trata de consolarlo.

Pero el pequeño yeti sacude la cabeza y se aprieta aún más contra Marta.

Los dos hacen todo lo posible por animar a Yoko. Juegan a disfrazarse, tocan música a todo volumen, le dejan navegar por Internet en el ordenador, le dan de comer casi hasta reventar… Pero nada. Sigue igual de triste.

Marta se sienta con él en el sofá y Yoko vuelve a abrazarse a ella, desconsolado.

—Qué bien que ya estemos de vacaciones. Así podremos ocuparnos de ti todo el día —le dice Marta entre caricias.

—¿Tú crees que le pasa algo serio? —pregunta Edu.

—No sé —contesta Marta en voz baja.

La verdad es que querría haber hablado de ello con Edu mucho antes, pero ahora, con Yoko delante, no es buena idea, y tampoco quiere dejarlo solo.

—Tenemos que hablar de... una cosa lo antes posible, Edu.

—¿Quieres decir cuando estemos sin...? —y hace un gesto en dirección a Yoko. Marta asiente—. Ya me imagino de qué se trata —añade a media voz mientras se sienta en el brazo del sofá—. A mí me pasa lo mismo. Nunca me he decidido a hablar de ello, porque se te veía tan feliz con él...

Marta coge la mano de Edu y la aprieta un poco. Después se apoya en él, y Edu la rodea con su brazo. Yoko respira tranquilo, como si durmiese.

Y permanecen así un largo rato, hasta que Edu nota que también Marta se ha dormido.

Se levanta y la tapa con una manta. Piensa si conviene llevar a Yoko al congelador, pero no quiere despertarle. Acaricia a los dos de vez en cuando y susurra:

—Dormid, dormid... y soñad cosas bonitas.

En algún momento, también Edu se duerme, y cuando despierta ya es tarde. Sale con sigilo de la cabaña y se apresura a irse a casa, para no tener problemas con sus padres.

Esa noche duerme inquieto, y a la mañana siguiente se levanta temprano para volver junto a sus dos amigos. De camino, compra *El Noticiero* y unos bollos para el desayuno. Cuando llega a la cabaña, Yoko está despierto, y aunque no salta sobre Edu tan contento como otras veces, sí que se sienta muy derecho en el sofá y se frota la barriga.

—Vaya, parece que te encuentras algo mejor —dice Edu, aliviado.

Empieza a poner la mesa, y al momento aparece Marta, que al ver el periódico, pregunta:

—¿Alguna novedad sobre las huellas?

Edu lo hojea, descubre el largo informe del reportero Rivero sobre la captura y posterior fuga del pequeño yeti y empieza a leer en voz alta. Marta escucha con la boca abierta y, por fin, ambos entienden la verdadera naturaleza de Yoko.

—Lo sabía... —dice ella, todavía perpleja—. Solo los humanos pueden llorar. Él no es un hombre, pero tampoco un animal.

—También está ese curioso lenguaje suyo —comenta Edu—. Los animales hacen sonidos, pero no hablan como él. Yo estaba convencido de que era una criatura extraña, pero esto es...

—Sí, yo también lo he pensado muchas veces —le interrumpe Marta—. Yoko es increíblemente listo. Fíjate en lo deprisa que está aprendiendo nuestro idioma.

—El idioma de los hombres... —remata Edu.

Marta acaricia a su amigo peludo, y piensa en cómo tiene que sentirse, transportado de la soledad y el silencio de su blanco mundo al agitado y multicolor universo de una ciudad. ¡Un universo donde *todo* le resulta extraño! Las primeras nieves han tenido que ser para él como una imagen de su mundo lejano, un mensaje que le ha recordado a su familia, su casa, su vida entre el hielo.

Y allí sigue Yoko, tumbado con aire triste.

—*Yoma, yoma, yoma*... —gime.

Una palabra que los chicos nunca le habían oído.

—Quizá significa «mamá» —supone Edu.

—¡Pobre Yoko! —se lamenta Marta, y le acaricia de nuevo, esta vez sin poder contener las lágrimas—. Qué valiente has sido... —añade con la voz entrecortada por el llanto—. Todo este tiempo añorando a tu familia, tu hogar...

Marta y Edu sienten una gran compasión hacia su peludo amigo, y al mismo tiempo entienden que, justo en ese momento, ha empezado la despedida. Saben que tienen que separarse de Yoko, precisamente por quererle tanto, por desear solo lo mejor para él, aunque sea doloroso.

Edu es el primero en decir lo que están pensando los dos:

—¡Tenemos que hacerle regresar!

Marta se echa a llorar otra vez. Las palabras de Edu le duelen... porque sabe que tiene razón.

Capítulo 8

Yoko es el primero que, después de un rato, echa mano a un panecillo. Y después a otro. ¡El muy tragón tiene uno en la zarpa derecha y otro en la izquierda! Aunque... resulta que no son para él, sino que trata de dar de comer al mismo tiempo a Marta y a Edu. Lo malo es que lo hace con tan poca habilidad, que los dos empiezan a reír con ganas, y eso relaja un poco el ambiente.

—Eres muy amable, Yoko, pero... ¡yo no como por la nariz! —protesta Edu, que acaba pescando un panecillo con la boca, como si fuera una foca amaestrada.

—Voy un momento a casa a buscar platos, cubiertos y mantequilla —dice Marta—. Nos hemos ganado un desayuno como es debido.

—¡Entonces trae también miel! —añade Edu, al tiempo que sujeta a Yoko para que no salga corriendo detrás de Marta—. Ella vuelve enseguida —le tranquiliza.

Pero pasa un largo rato hasta que Marta vuelve, y además de miel, trae malas noticias.

—Tenemos un problema —por la cara de su amiga, Edu se da cuenta de que tiene que tratarse de algo serio—: Mi madre ha leído el periódico y me ha hecho muchas preguntas sobre Yoko...

—¿Y?

—Quiere verle. Le he dicho que te habías ido a pasear con él.

—¿Y si se le ocurre venir ahora?

—No te preocupes; tiene que irse a trabajar. Pero tendremos que pensar algo para esta tarde.

—Hay que esconderlo en otro sitio, al menos durante algún tiempo —decide Edu.

A Marta no le convence mucho esa propuesta:

—Es peligroso salir de casa con él. ¡Después del artículo en el periódico, toda la ciudad lo estará buscando!

—Ya, pero ¿qué pasa con tus padres? —replica Edu—. ¿O prefieres que les confesemos que tenemos un yeti en la cabaña de vuestro jardín?

—Entonces querrían que… ¡Bah!, no lo sé —dice Marta, sin saber muy bien a qué atenerse.

De pronto, Edu tiene una idea:

—¿Y si lo escondemos en el sótano de mi casa? Solo unos días, para ganar tiempo hasta que las cosas se tranquilicen y encontremos una solución.

—Hasta que las cosas se tranquilicen… —repite Marta—. No pensarás que Thor van Sneider se va a dar por vencido, ¿verdad? Quiere recuperar a Yoko a cualquier precio. No se rendirá. ¡Y sabes que no tiene escrúpulos!

—A pesar de todo, hay que sacar de aquí a Yoko. Por tus padres y todo eso…

Marta sigue sin estar convencida:

—Si nos lo llevamos, mis padres querrán saber adónde, y no puedo decirles que se nos ha escapado. ¡No se lo creerían! Tampoco se tragarían que te lo has quedado tú, porque en tu casa no tenéis sitio para él. Y lo de que lo hemos llevado a un refugio de anim… ¡Un momento!

Los dos tienen la misma idea a la vez:

—*¡El Refugio!* —exclama Marta.

—¡Eso es! —la secunda Edu, encantado—. Quizá en *El Refugio* hayan acogido a algún perro que se parezca a Yoko. Así podríamos darles el «cambiazo» a tus padres mientras escondemos a nuestro amigo en el sótano de mi casa.

—Desde luego, eso nos haría ganar tiempo —Marta parece aliviada—. Y después... —su voz ya no suena tan optimista— ... tendremos que empezar a pensar en cómo llevarle de vuelta al lugar donde pertenece.

—Bueno, no te pongas triste ahora. ¡Al menos se nos ha ocurrido algo! —la anima Edu—. Imagínate que Yoko cayera otra vez en manos de Van Sneider... Y eso va a pasar tarde o temprano, si no lo remediamos.

—Tienes razón —dice Marta, mientras abraza de nuevo a Yoko.

Él se acurruca entre sus brazos y parece no comprender nada de lo que ocurre.

Edu se encamina hacia *El Refugio,* un centro de acogida de animales vinculado al Equipo Verde, una especie de filial de Greenpeace a la que pertenecen los dos amigos. Marta le habría acompañado con gusto, pero no quiere dejar solo a Yoko, y sería peligroso llevarlo hasta allí. De modo que solo le queda confiar en que Edu tenga suerte y encuentre un perro adecuado. La espera se hace angustiosa, y no puede evitar mirar el reloj una y otra vez.

Yoko pasa casi todo el tiempo en su arcón frigorífico. Marta trata de animarlo, pero parece imposible.

Por fin, después de dos horas que se le hacen eternas, Edu vuelve... ¡y con un perro!

—Bueno, ¿qué opinas? —pregunta—. Se parecen bastante, ¿a que sí?

—¡Como dos gotas de agua! —responde Marta.

Cuando Yoko descubre al perro, baja de su arcón y se acerca al animal, pero tampoco parece alegrarse mucho al verlo.

—No ha sido fácil traérmelo —sigue contando Edu—. Iba sin mis padres, y ya sabes que sin el visto bueno de un adulto no suelen permitir sacar animales de allí.

—¿Y cómo lo has hecho?

—Bueno, como a ti y a mí nos conocen, han hecho la vista gorda. Pero he tenido que prometer que devolveré el perro en los próximos días, o iré con mis padres para que firmen un permiso —Edu se echa mano al bolsillo, saca unas hojas y las pone sobre la mesa.

—Estos son sus papeles. Está vacunado y completamente sano.

Marta sacude la cabeza y exclama:

—¡Uf, en qué líos nos metemos…!

—No perdamos más tiempo —la apremia Edu, que sigue preocupado por si a los padres de Marta se les ocurre aparecer por la cabaña.

Disfrazan otra vez a Yoko con la capa impermeable, pero no logran convencerle de que se ponga las grandes botas de goma del padre de Marta.

—¡Esperemos que no nieve! —dice Edu, y sale un momento a la puerta para asegurarse de que no hay nadie observando.

Acto seguido, los cuatro salen de la cabaña con mucho sigilo.

Una vez en casa de Edu, Marta se da cuenta de que el pequeño sótano es cualquier cosa menos acogedor. A Yoko no le importará que no tenga calefacción, pero que ni siquiera tenga luz... Con una silla y unas mantas para sustituir al sofá, preparan un pequeño rincón para su peludo amigo, y él se limita a dormirse enseguida, sin mirar a su alrededor.

—Me preocupa mucho verle así —dice Marta mientras se agacha junto a él para cogerle una pata.

—Tendría que volver lo más pronto posible junto a sus padres, al Himalaya —dice Edu—. Pero... ¿cómo? Nuestros padres jamás nos dejarían hacer un viaje así. Y además, ¿adónde lo íbamos a llevar? No podemos dejarlo en cualquier sitio, en mitad de la montaña...

Marta asiente y suspira:

—Tienes razón. Además, un viaje así resultaría carísimo.

—¿Y si preguntamos en el Equipo Verde? —propone Edu—. ¡En Greenpeace deben de tener dinero para casos de necesidad como este!

—Ellos mismos dependen de donativos —responde Marta, deprimida.

—¿Y si nosotros buscamos el dinero para Greenpeace? Así, ellos podrían llevarlo a su casa...

—¿Es que quieres robar un banco?

—Tendríamos que buscar donativos. ¡Quizá en el periódico!

—Pero entonces se enteraría Van Sneider, y los de la tele, y...

—Necesitaríamos tener a *El Noticiero* de nuestra parte —dice Edu, y al ver que Marta no está muy convencida, insiste—: Debemos intentarlo, al menos. Es nuestra única posibilidad. ¡Tenemos que hablar con ese periodista!

—Está bien, pero nada de decirle que tenemos a Yoko —le advierte Marta—. Nos las ingeniaremos de otra manera. ¡Ufff, qué complicado es todo!

—Es difícil, sí, pero no tenemos elección —concluye Edu—. Solo tenemos que andar con mucho cuidado.

A la mañana siguiente, los dos están sentados en la redacción de *El Noticiero* frente a David Rivero, alias *el Perdiguero*. Llevan un buen rato hablando con él, pero Rivero se ha ido impacientando poco a poco:

—Vamos a ver... Ya basta de marear la perdiz. No tengo tiempo que perder. ¿Tenéis o no tenéis a ese yeti?

—Lo tenemos —acaba admitiendo Edu.

—¿Y dónde está? ¿Por qué no lo habéis traído? —pregunta Rivero.

—Porque es demasiado peligroso —contesta Marta.

Rivero parece enfadado:

—¡Así no vamos a ninguna parte, chicos! Decís que necesitáis mi ayuda, pero no me explicáis por qué, ¡maldita sea! ¿Veis esa puerta? ¡Pues ya podéis ir saliendo por ella! He perdido suficiente tiempo.

—Y si yo le enseño algo, ¿nos creerá usted entonces? —replica Marta.

Edu la mira con cara de no entender nada. Entonces ella mete la mano en su mochila y le entrega tres fotos a Rivero. Este las mira un momento, silba entre dientes y vuelve a dejarlas.

—Aquí está montado en mi monopatín, en el jardín de casa —explica Marta—. No se imagina con qué facilidad lo aprende todo… ¡En solo una tarde dominaba el monopatín!

—Aprende muy deprisa, sí, da igual lo que sea —añade Edu.

—Aquí lleva gafas de sol y toca la guitarra —continúa Marta.

—¡No pretenderéis hacerme creer que el yeti sabe tocar la guitarra! —replica el reportero.

—¡Y cómo! —exclama Edu—. Ya le digo que aprende deprisa. Y también sabe hablar... un poco.

Una vez más, David Rivero mira las fotos, incrédulo:

—¡Eso es ridículo, cómo va a saber hablar!

Marta no se desanima, coge la tercera foto y sigue explicando:

—Aquí está con Edu, que lo lleva de la mano. Como puede ver, Yoko está disfrazado de niña. Siempre tenemos que disfrazarle cuando salimos a la calle, para que no se le reconozca. Con este disfraz fuimos a unos grandes almacenes.

—¡Exacto! —añade Edu—. Fue entonces cuando se lo llevó Thor van Sneider.

—¡¿Thor van Sneider?! —David Rivero se levanta de un salto. ¿De qué conocen los chicos ese nombre? Él no lo ha citado en el artículo—. ¿Cómo sabéis vosotros quién es Thor van Sneider?

—Es un cazador. Sabemos dónde vive desde que raptó a Yoko en los almacenes —explica Marta.

—Logramos rescatarlo de sus garras, ¡y no era la primera vez! —dice Edu.

—¿Sabéis que ese hombre puede ser muy peligroso? —les alerta Rivero.

—¡Y además, un torturador de animales! —exclama Marta, indignada—. ¡Eso sí que lo sabemos, y hasta podemos probarlo!

El reportero se rasca la cabeza, pensativo, y después de mirar fijamente a Edu y a Marta, dice:

—Yo… necesito ver a ese yeti. No puedo prometeros nada, pero… digamos que mi intención es buena y que intentaré ayudaros en lo que pueda, mientras no vaya en contra de la ley…

—Muy bien. Se lo mostraremos —decide Marta.

—¡Pero nada de fotos! —le advierte Edu.

Cuando por fin llegan junto a él, Yoko está tendido sobre una manta y gimotea:

—*¡Marta, Marta, yuyuyuuuu, Marta!*

David Rivero se queda sin habla. Naturalmente, se da cuenta enseguida de que no se trata de un simple perro.

—Es cierto que puede hablar —dice, desconcertado.

Marta coge en brazos a Yoko, y él esconde la cabeza en su pecho mientras lloriquea:

—*Yuyuyuuu, yamo, yamo...*

Edu le da una bolsa de gominolas, pero Yoko se siente tan mal que ni siquiera eso le alegra. Entonces el chico pone su mano sobre la de Marta para consolarla, y explica al reportero:

—Normalmente se las come casi con tanto gusto como los helados o la comida congelada. ¿Entiende usted ahora por qué necesitamos su ayuda?

—Si he de ser sincero, no —dice David Rivero.

—Tiene que volver al Himalaya con sus padres. ¡Está enfermo de nostalgia! —dice Marta, tragándose las lágrimas.

—Sí, pero ¿qué puedo...? No entiendo... —tartamudea Rivero, y los chicos tienen la impresión de que está realmente conmovido por la situación de Yoko.

—Caer en manos de Thor van Sneider sería su muerte segura —dice por fin Marta.

—Y si usted escribe sobre él, significaría lo mismo —añade Edu—. Todo ese barullo a su alrededor acabaría con él.

—¡Yo no le deseo ningún mal! —asegura Rivero—. Aunque os doy la razón en algo: no debe caer en manos de Thor van Sneider. Ese tipo haría cualquier cosa por dinero. El pobre animal sería arrastrado sin compasión delante de todas las cámaras de televisión del mundo entero.

—¡Yoko no es un animal! —le contradice Marta, molesta.

—A Van Sneider no le importaría incluso ofrecérselo a los científicos para que experimentasen con él —insiste Edu.

—Estoy de acuerdo, pero ¿qué habéis pensado vosotros? —pregunta el reportero, que parece realmente desconcertado—. ¿Qué puedo...?

—Usted podría conseguir el dinero para llevarlo de vuelta al Himalaya. Nosotros no podemos hacer ese viaje —responde Marta.

—Pero... ¡mi periódico no es un banco! Y aparte de la cuestión del dinero, ¿quién iba a llevar al yeti a su casa?

—Quizá Greenpeace... —dice Edu—. Pero hay otro problema: sabemos que su casa está en el Himalaya, pero solo Van Sneider conoce el lugar exacto, ya que fue él quien se lo trajo.

—Y, por supuesto, él jamás nos ayudaría a llevarlo de regreso —añade Marta.

David Rivero vuelve a rascarse la cabeza y pone cara de pensar profundamente. Medita tanto tiempo en silencio que Marta y Edu empiezan a alarmarse.

¿Habrán acertado al confiar en el periodista? ¿Y qué está maquinando?

—Veamos... —dice por fin Rivero—. Van Sneider tiene un aparato de localización en el que ha archivado las coordenadas del lugar donde encontró al yeti.

—¡Un GPS! —afirma Marta.

—Exacto. Tenemos que hacernos con ese aparato, o al menos con los datos que ha guardado en él. Solo si lo conseguimos, yo podría llevar al yeti al lugar exacto de donde vino.

—¿Eso quiere decir que lo llevaría usted... personalmente? —pregunta Edu.

—Lo llevaría yo mismo, sí. Y, para ser sincero, no lo hago por lástima. Soy reportero de un pequeño diario local. ¿Qué creéis que pasaría si se llegase a saber que tenemos un yeti vivo en la ciudad? Antes de una hora, todos los canales de televisión, revistas y periódicos de ámbito nacional e internacional pondrían sobre la pista a sus reporteros. Se harían dueños de la historia antes de que yo pudiese decir ni pío. Y, por si no fuera bastante, puedo imaginarme muy bien a los especialistas del Ministerio de Ciencia llevándose al yeti. El mundo entero se ocuparía de él. ¿Quién se iba a interesar por mí, un pobre reportero local? ¡Nadie! Pero si yo... —David Rivero interrumpe sus explicaciones para meterse en la boca un par de gominolas. Después continúa mientras mastica—: Pero si yo, en secreto y en solitario (y naturalmente, sin Thor van Sneider), fuera quien llevase al yeti de regreso al Himalaya, la cosa sería muy distinta. Podría hacer todas las fotos que quisiera con tranquilidad, incluso grabarlo todo en vídeo: a él y a sus padres, a sus hermanos, si los tiene, el lugar donde viven... En una palabra, solo yo tendría la historia. Nadie podría robármela, ni siquiera Thor van Sneider, y el mundo entero reconocería el mérito del reportero estrella David Rivero. ¡Ah!, sin olvidar lo más importante: ¡Yoko estaría salvado!

—¿Y el dinero? —pregunta Edu—. ¿De dónde sacará usted el dinero para hacer ese viaje tan caro?

—No os preocupéis por eso, dejadlo de mi cuenta. En caso de que no fuera bastante con mis ahorros, por una historia así, ¡sacaría dinero hasta del mismo infierno!

—Entonces, solo nos queda hacernos con el GPS de Thor van Sneider —resuelve Edu.

—¿Y si yo me colase en su casa y lo cogiera? —propone Marta, con ganas de acción.

El reportero Rivero cree no haber oído bien y pregunta:

—¿Colarte en su casa?

—Sí. Ya lo hice una vez. Por eso conozco bien la casa —dice Marta, sin darle importancia—. Tiene una habitación donde guarda todos sus aparatos especiales muy bien ordenados, y seguro que el GPS está allí.

—Sí, pero forzar la entrada de su vivienda… —replica el periodista.

—Usted no tiene que colaborar en eso —le tranquiliza Marta—. Ya nos ha dicho que no le pidamos nada que signifique ir contra la ley, ¿no? Lo importante es que usted lleve a Yoko a su hogar. Del resto nos encargamos nosotros.

—Bueno, no quería decir exactamente eso —responde Rivero, al notar que ha subestimado a los dos chicos—. Yo solo estaba…

—¿Escandalizado? —pregunta Marta, y no puede reprimir una sonrisa.

—Para ser sincero, sí —sonríe también él.

—¡Pues entonces vamos a trazar un plan! —exclama Edu—: ¡Un plan de salvación!

El tiempo apremia, por lo que apenas una hora más tarde, los tres han completado su estrategia.

Si todo sale bien, esa misma noche podrán embarcar a Yoko en un avión con destino a Katmandú.

Capítulo 9

Thor van Sneider también se ha puesto manos a la obra. Ha decidido que ya es hora de echar mano a su último recurso.

Empieza a trastear en la cocina con el limpiacristales, pero no para limpiar sus ventanas, ni mucho menos. Necesita la botella de plástico con *spray*. Vacía el líquido en el fregadero y se dirige al sótano. Por el camino, tropieza con el perro.

—Así que ya estás mejor, ¿eh? Me alegro... ¡chucho apestoso! —le dice de mal humor.

Con un cucharón y un embudo, Van Sneider llena la botella de plástico con el líquido de las pulgas.

—Con esto bastará para dormir a todos los lindos perros de la ciudad —dice con una sonrisa maligna—. Y después, recuperaré a esa pequeña bestia. ¡Qué desvergüenza, esconderse de mí tanto tiempo!

El perro ladra a Van Sneider, como si notara que planea algo horrible.

—¡A callar! Ya te di de comer ayer, ¿no? La verdad es que me sales muy caro. ¡Mañana tendrás algo! Y no se te ocurra volver a ladrar, si no quieres saber lo que es bueno.

Thor van Sneider sube la escalera, se pone su gruesa chaqueta de piel y se prepara a salir de casa con el *spray,* cuando suena el timbre. De mala gana, abre la puerta.

Ante él está David Rivero.

—¿Usted aquí? —pregunta Van Sneider, y deja entrar al reportero.

—Lo tengo —dice Rivero por todo saludo.

Van Sneider está tan sorprendido que cree no haber entendido bien:

—¿A esa bestia peluda?

—Al yeti. Lo he escondido.

—¡Quiero verlo!

—Solo si usted me promete que nos repartiremos las ganancias... —exige Rivero.

—Está bien, prometido. Iremos al cincuenta por ciento —concede rápidamente Van Sneider.

—No es suficiente para mí —dice el reportero—. Quiero el ochenta por ciento. Para usted, el veinte.

Van Sneider pone los ojos en blanco. ¿De verdad se imagina ese chupatintas que va a darle un solo céntimo? ¡Y nada menos que el ochenta por ciento! Todo lo que va a recibir es el cien por cien... ¡de una patada en el trasero! Esto es lo que piensa, pero naturalmente dice otra cosa:

—Estoy de acuerdo. Yo recibo el veinte, y usted el ochenta por ciento de todas las ganancias. Y ahora, ¡lléveme de una vez hasta él!

—Perdone, pero tengo un problemita más —se disculpa David Rivero—: ¿Podría usar su baño un momento? Es una urgencia.

—Si no es más que eso... —dice Van Sneider de mala gana, e indica el camino al reportero.

Mientras David Rivero está en el baño, Van Sneider coloca el *spray* otra vez en la cocina, y en su lugar se mete en el bolsillo el frasquito de gotas para la nariz con el peligroso líquido.

—Quién sabe para qué lo puedo necesitar... ¡Unas buenas gotas nasales nunca perjudicarían a nadie! —dice con sorna.

Cuando David Rivero sale del baño, Van Sneider ya tiene en la mano las llaves del coche:

—Iremos en mi coche —dice—. Más tarde puede venir usted a recoger su moto.

—Muy bien. ¡En dirección al centro! —ordena Rivero.

Apenas han perdido de vista el coche, Marta y Edu saltan el seto tras el que se habían escondido.

—¡Toma, cógela! —dice Marta, y le da su mochila a Edu—. Me llevo solo la cámara. Si encuentro enseguida el GPS, seguro que me da tiempo a hacer algunas fotos como prueba, en caso de que Van Sneider tenga animales prisioneros en casa.

—Sí, como la última vez... —asiente Edu con cara de asco.

—¡Esperemos que no! —exclama Marta, antes de ponerse en acción.

Pasa corriendo ante la puerta de Van Sneider, rodea el edificio y, con un ágil salto, desaparece dentro de la casa por la ventana del cuarto de baño, que David Rivero ha dejado entreabierta.

Fuera, Edu se queda vigilando. ¡Ojalá su amiga encuentre pronto el GPS!

—¿Podría hacer el favor de parar aquí un momento? —le ruega el reportero Rivero a Thor van Sneider al pasar por unos grandes almacenes.

Con los nervios de punta, Van Sneider pisa el freno.

—¡No tendrá que ir al baño otra vez!, ¿verdad? —gruñe.

—No. Solo voy a comprar comida para él —le explica Rivero.

—¡Pero no ahora! Eso puede esperar. ¡Primero quiero verle!

Sin embargo, antes de que Van Sneider pueda reaccionar, el reportero Rivero ya ha bajado del coche:

—No querrá usted cargarse antes de tiempo a su gallina de los huevos de oro, ¿no? El yeti necesita comer, y punto. Espéreme aquí. No tardaré mucho.

Y sin poder hacer nada, Van Sneider observa cómo David Rivero desaparece por la entrada de los grandes almacenes.

—¡Estúpido majadero! —masculla mientras golpetea el volante, impaciente.

Hay algo que no le cuadra en todo este asunto…, y no tarda en saltar del coche y echar a correr tras el reportero.

Edu siente un alivio tremendo cuando ve a Marta en la puerta de la casa de Thor van Sneider, con el GPS en la mano.

—¡Al lugar de encuentro! —exclama ella al verle, y los dos salen corriendo.

Pero poco después, Marta se queda parada de repente.

—¡Ay, qué rabia! Me he dejado la cámara de fotos en casa de Van Sneider. Creo que en el cuarto de baño…

Ya ha dado media vuelta para ir a recogerla, cuando Edu la detiene cogiéndola del brazo:

—Es demasiado peligroso. Imagina que Van Sneider vuelve antes de lo que esperamos. La cámara no es tan importante.

—¡Sí que lo es! —replica Marta.

Pero Edu la sujeta con fuerza:

—Déjalo estar, Marta. ¡Tenemos que salvar a Yoko! Te puedes quedar con mi cámara, ¡te la regalo!

—¡Pero es que en esa cámara hay fotos que nos hemos hecho con Yoko! —protesta ella—. No tendremos tiempo siquiera de despedirnos de él, y yo quiero conservar esas fotos. ¡Nunca volveremos a verle, Edu, compréndelo!

Edu lo entiende, por supuesto. La consuela con una caricia en el pelo y dice:

—Yo iré por tu cámara mientras tú vas a encontrarte con Rivero. Así tendrás más tiempo para despedirte de Yoko.

—¡Eres un cielo! —dice Marta, y no puede evitar plantarle un beso.

Se separan y echan a correr en direcciones distintas.

Naturalmente, Edu llega el primero a su meta. Encuentra el cuarto de baño, pero no la cámara.

—Seguramente, Marta estaba nerviosa y la habrá dejado en cualquier otro sitio —se dice a sí mismo, y empieza a registrar la casa.

Thor van Sneider no busca mucho tiempo a David Rivero.

—Ya sé dónde encontrarte, cochino periodista... —reniega en voz baja mientras arranca de nuevo el coche—. ¿Por qué no estás comprando comida? ¿Y con quién te crees que estás jugando?

Pero Van Sneider no va directamente a la redacción de *El Noticiero*. Vuelve atrás para coger su pistola. La necesita para acobardar al reportero.

Los neumáticos rechinan cuando frena delante de su casa...

Dentro, Edu acaba de descubrir el cuarto-arsenal de Van Sneider. Pasmado, recorre con la vista las estanterías y admira la increíble colección de armas. Está tan impresionado que no se da cuenta de que los valiosos segundos se convierten en minutos. Un ruido le saca de sus pensamientos. ¡El rechinar de unas ruedas!

Edu corre hasta la ventana del salón y ve a Thor van Sneider apearse de su coche. Ante esa situación, no le queda más remedio que retroceder. Si intentara salir por la puerta de la casa, caería directamente en manos del cazador. Y si saliera por la ventana del cuarto de baño, también correría el peligro de ser descubierto. Así que decide quedarse quieto y saltar después por la ventana, cuando Van Sneider ya haya entrado en la casa.

Una mirada más afuera. Pero... ¿qué ocurre ahora? ¡Van Sneider no viene derecho a la puerta de entrada! ¿Qué pretenderá?

«¡Nada de nervios!», piensa Edu. «Todavía puedo encontrar la cámara. Si no lo hago, Marta se pondrá muy triste».

Thor van Sneider acaba de descubrir la *scooter* de Rivero.

Furioso, saca del bolsillo el frasquito de gotas para la nariz.

—¡A mí nadie me toma el pelo!, ¿estamos? Y ahora, vamos a ver lo bien que le sienta esta «gasolina» a tu ridícula moto…

Se acerca y echa unas gotas del líquido en el motor. El metal empieza a deshacerse con un ligero borboteo. Visiblemente satisfecho, Van Sneider se dirige a su casa a grandes zancadas.

David Rivero, Yoko y el perro ya llevan un buen rato en el sótano de Edu, esperando a Marta, cuando esta por fin aparece.

—Llegas tarde. ¿Ha ocurrido algo? —pregunta el periodista, preocupado.

Sin decir nada, Marta le entrega el GPS y coge en brazos a Yoko. Tiene la impresión de que está más débil. No es extraño, ya que lleva sin comer todo el día, pese a lo tragón que suele ser. Marta le acaricia la barriga para recordarle la comida, pero Yoko no reacciona y se limita a apretujarse más contra su protectora.

David Rivero no quiere interrumpirlos. Sin saber qué hacer, acaricia al perro que se parece tanto a Yoko y solo se hace notar con un carraspeo.

Sin soltar a su peludo amigo, Marta se mete la mano en el bolsillo, saca un sobre y se lo tiende al reportero:

—He pasado por mi casa para coger la documentación de ese perro. Supongo que le será de utilidad si quiere pasar la frontera con Yoko.

—Vaya, no había pensado en ello, y hubiera podido ser un problema. ¡Es estupendo que te hayas acordado! Pero...

—Lo sé, lo sé: tenemos prisa —le interrumpe Marta—. Es que me resulta tan difícil despedirme de él...

—Claro, lo entiendo —dice Rivero—. Aunque en realidad quería preguntarte por Edu.

¡Edu! Con la tristeza de la despedida, Marta no ha vuelto a acordarse de él. ¡Tendría que haber llegado hace un buen rato! ¿Qué le habrá ocurrido? ¿Dónde estará?

—Volvió a casa de Van Sneider para recoger mi cámara. Me la olvidé allí —le explica al reportero.

—¿Y cuándo dices que volvió? —pregunta él.

—Pues... poco después de salir yo de la casa.

—¡Oh, no! —se le escapa al reportero, y al notar que esa exclamación inquieta a Marta, rectifica enseguida—: Bueno, no te preocupes: seguro que Edu se ha entretenido con cualquier bobada por el camino.

¡Tonterías! Marta tiene la misma sospecha que David Rivero. ¡Es para desesperarse! Por si no fuera bastante con la despedida de Yoko, ¡ahora, la preocupación por Edu!

Marta intenta controlar su nerviosismo, y también sus lágrimas. Pero Yoko no es tonto. También él siente que algo no va bien.

—Llame usted al taxi, como habíamos planeado —dice Marta, y mira a Rivero cuando marca el número en su móvil. Después se vuelve para despedirse definitivamente de Yoko—: Toma mi collar; te lo regalo —y se lo pone alrededor del cuello.

¿Y qué hace Yoko? Se arranca un puñado de pelos, pero no porque esté desesperado, sino para dárselo a Marta, como si fuera un ramo de flores.

Ella ya no puede contener las lágrimas. Si al menos Edu estuviera allí, para abrazarla y para despedirse también de Yoko… Aprieta en sus manos las dos zarpas de su peludo amigo, le mira a los ojos y dice:

—Tenemos que despedirnos ya, mi querido peluche. Que te vaya bien. Saluda a tu *yoma* de mi parte. Y no me olvides. Yo siempre pensaré en ti. Y… —entrega a Rivero las gafas de sol de Edu— … cuando le deje usted junto a sus padres, no olvide darle las gafas de Edu. Con ellas empezó su amistad.

Marta abraza por última vez a Yoko, muy fuerte, y le susurra:

—No olvides que te queremos mucho, y que siempre será así.

David Rivero mete a Yoko en el taxi. Él la mira tristemente, y por su cara peluda corren las lágrimas. Le dice adiós con una pata y exclama:

—*¡Marta, Marta, corre, Edu!*

—¡Pues claro, cariño, yo me ocupo ahora de Edu! —le grita ella cuando el taxi ya está en marcha.

Solo cuando vuelve al sótano, Marta se permite llorar a gusto. El perro tan parecido a Yoko se acerca a ella y empieza a lamerle una mano, como si quisiera consolarla. Pero Marta sabe que su plan de salvamento no está completo, así que se limpia la nariz, respira hondo y acaricia al perro justo detrás de las orejas:

—¡Pobrecillo! Con todo este jaleo, ni siquiera sé cómo te llamas. Siento tener que dejarte solo otra vez, pero no me queda más remedio. ¡Volveré en cuanto haya encontrado a Edu!

Entonces sale corriendo. Está convencida de que su amigo tiene graves problemas…

Capítulo 10

¡Y vaya si Edu tiene problemas!

Había regresado al cuarto-arsenal de Van Sneider, y entonces… ¡bingo! ¿O no? ¡Qué faena! Había dos cámaras en un estante. Y las dos eran casi iguales. ¿Cuál sería la de Marta? Una breve vacilación, y pasaron varios segundos más.

En el momento en que ambas cámaras desaparecieron en la mochila de Marta, se oyó el golpe de la puerta de la casa al cerrarse. ¡Thor van Sneider acababa de entrar! ¡Y Edu estaba encerrado!

Entonces pasó lo que tenía que pasar… pero que no debía haber pasado.

—Muy bien, probemos de nuevo: ¿de dónde sacaste la llave?

—¡Ya se lo he dicho cien veces! —contesta Edu—. No tengo ninguna llave. Ya me ha registrado usted. La ventana del baño estaba abierta, y yo…

—¡La ventana no estaba abierta! —ruge Thor van Sneider—. En mi casa nunca hay una ventana abierta. ¡Nunca!

El cazador no puede explicarse cómo Edu se ha metido en su casa. Ni en la puerta ni en ninguna ventana hay huellas de que hayan sido forzadas.

—Después he encontrado las cámaras y me las he guardado —Edu sigue fiel a su explicación.

—Eso no se lo cree nadie. ¡No se asalta una casa por una simple cámara! —se enfurece Van Sneider.

—Bueno, también quería buscar dinero, pero…

—¡Una de las cámaras ni siquiera es mía! —Van Sneider no deja terminar a Edu—. Aquí hay algo muy raro… ¡Y pienso averiguar de qué se trata!

Camina de un lado a otro del salón, muy agitado. A Edu le ha atado las manos a la espalda y se las ha sujetado a un radiador. Su instinto de cazador experimentado le dice que está ante una pista falsa. Además, ese chico le resulta vagamente conocido. Está seguro de haberle visto alguna vez. Y sobre todo, ¿cómo habrá entrado en su casa? Van Sneider sigue cavilando…

También Edu medita. Si todo ha salido bien, Yoko tendría que estar ya en un avión con destino a Katmandú. Así que él tiene que mantener ocupado a Van Sneider todo el tiempo que sea posible. Y también debe andarse con cuidado... Además de ser peligroso, es evidente que el cazador teme a la policía. Si no, la habría avisado hace rato, al encontrarse un intruso en su casa.

—Tiene usted cosas realmente curiosas en ese cuarto... —intenta iniciar una conversación con Van Sneider.

—¡No digas tonterías! —le corta el cazador.

—Imagino que algunas son muy valiosas...

—¡Que te calles, he dicho!

—En algunas botellas y cajas hay calaveras pintadas, y luego, ¡tantas armas! Supongo que la policía...

—¿Me estás amenazando, mequetrefe? —de un salto, Van Sneider está a su lado, le agarra por el cuello y le deja casi sin respiración—. Pues debes saber que conozco medios para hacerte cantar que no imaginarías ni en tus peores pesadillas.

Edu se siente mareado. Espera que a Marta se le haya ocurrido avisar a la policía, y que todo esto termine de una vez.

Por fin, Van Sneider le suelta el cuello. Después de todo, no quiere matar al chico. ¡Si al menos supiese qué juego se trae…!

Suena el timbre, y el cazador se asoma a la ventana.

—Hay una chica en la puerta —dice.

—Será Marta, mi amiga —supone Edu.

Van Sneider mira de nuevo desde la ventana. Quiere asegurarse de que la chica está sola. Después abre la puerta y tira de Marta hacia dentro con rapidez.

—Y tú ¿qué quieres?

—¡Vengo a buscarle! —Marta señala a Edu, que sonríe levemente.

Después, ella le hace una señal con el pulgar hacia arriba, para darle a entender que su plan ha salido bien.

Thor van Sneider los observa y no entiende nada de lo que pasa.

—¡Tengo a Yoko! —dice entonces Marta, dirigiéndose al cazador.

Pese a que Van Sneider nunca ha oído ese nombre, enseguida sabe de quién se trata.

—Deje usted libre a Edu y le entregaré a su yeti —continúa Marta.

Thor van Sneider silba entre dientes. Mil preguntas le dan vueltas en la cabeza. ¿Por qué todo ese teatro por parte del reportero Rivero? Y ese chico... ¿Cómo entró en su casa, y qué quería? ¿Y qué tiene que ver con esa chica?

—¿Por qué no lo has traído ya? ¡Vete a buscarlo y después hablamos! —dice por fin.

—Bueno, es que... no es tan fácil.

Eso ya es demasiado para Van Sneider, que agarra a Marta por las solapas, tira de ella hasta que sus narices casi se rozan y sisea:

—¿Tienes idea de con quién estás tratando, niñata?

—Puedo probar que lo tengo —dice Marta, indiferente a sus amenazas.

Van Sneider afloja un poco la presión, pero no la suelta. Entonces Marta se saca del bolsillo las tres fotos que le sirvieron para convencer a David Rivero.

El cazador echa un vistazo y dice:

—¡Bah! ¡Una falsificación! Es fácil hacer un montaje así.

—¡Todavía tengo más! Mí cámara está ahí, en el suelo. Dentro están las fotos. ¡Los negativos no se pueden falsificar!

El cazador vuelve a silbar entre dientes, y acaba soltando a Marta. Sigue sin entender lo que está pasando, pero la chica le confirma que su suposición era acertada: el chico no ha entrado en su casa para robar, ni mucho menos.

Antes de que Van Sneider siga haciendo conjeturas, Marta le cuenta una historia que deja pasmado al mismísimo Edu:

—Yoko se encontró con Edu y conmigo ya hace tiempo. Pensábamos que era un perro muy extraño. Pero al leer en *El Noticiero* que lo estaban buscando porque era un yeti, lo llevamos a la redacción. El reportero que lo vio se puso muy nervioso. No quería quedarse con él. Anotó nuestras

direcciones y nos mandó a casa diciendo que debíamos esconderlo bien y esperar a que él fuera a buscarlo. Nos pareció bastante raro. ¿Por qué debíamos esconderlo, si todos tenían que alegrarse de que apareciera? El caso es que dejamos en casa al yeti y volvimos a la redacción de *El Noticiero* para hablar otra vez con ese periodista. Pero justo cuando llegamos, se iba en una *scooter*. Corrimos detrás de él con las bicis. Fue bastante difícil…

—¿Ese reportero se llama Rivero? —la interrumpe Van Sneider.

—Eso es: David Rivero —y Marta continúa con su historia—: Total, que, siguiendo al periodista, acabamos llegando aquí, a esta casa. ¡Y entonces hemos hecho una tontería! Queríamos escuchar lo que decían ustedes dos, así que Edu se coló detrás del reportero en su casa, sin que nadie le viera. Cuando ustedes salieron, Edu todavía estaba dentro. Yo he estado esperando todo este rato a que saliera. ¡No sabía si llamar al timbre o avisar a la policía! Entonces ha vuelto usted, pero solo, sin el reportero. Y por eso estoy yo ahora aquí.

Thor van Sneider tiene fija en Marta su penetrante mirada. Su historia parece aclarar sus dudas. Todo cuadra. También tiene sentido que el periodista haya pedido a los chicos que guarden silencio. Probablemente también pretende dejarle a él a un lado y hacerse con todo el dinero. ¡Ese chupatintas va a enterarse de lo que es bueno!

La expresión de Van Sneider cambia de repente y se dirige a Marta casi con amabilidad:

—Entonces vamos a hacer la vista gorda y, por esta vez, ni vosotros ni yo avisaremos a la policía. Pero antes tienes que traerme al yeti, ¿eh?

—Es usted muy amable por no denunciar a mi amigo —dice Marta, con una cortesía tan exagerada que Edu tiene que aguantar la risa.

—Entonces corre y tráeme a ese animal, para que hagamos el cambio —dice Van Sneider mientras desata a Edu, como gesto de buena voluntad.

Marta piensa qué puede inventarse ahora. Ante todo, tiene que ganar tiempo para que Yoko pueda salir con seguridad del país. ¡Quién sabe si el reportero habrá conseguido meterlo ya en un avión...!

—Eso no puede ser, porque... ¡porque mi madre cree que Yoko es un perro y se lo ha llevado de paseo con ella!

Thor van Sneider inspira profundamente. Se nota a la legua que está luchando para no perder los estribos. Pero se cree ya tan cerca de su meta que logra dominarse. Se acerca mucho a Marta y susurra:

—¿Y cómo sé yo que tu animal no es realmente un perro?

—Podemos ir juntos a que nos revelen las fotos —propone Marta, con una serenidad envidiable.

—Una gran idea, pero... —Van Sneider mira en dirección a Edu— ... ¡él se queda aquí, como garantía!

—¡Claro! Si puedo quedarme en aquel cuarto y seguir mirando todas esas armas y aparatos fantásticos, no me importa quedarme —acepta Edu, simulando estar encantado.

Van Sneider se siente seguro y poco después está junto a Marta en una tienda de revelado rápido. Cuando por fin ve las fotos, no le quedan más dudas: ¡ese es su yeti!

—Muy bien, ahora podemos ir a tu casa a recogerlo —dice, impaciente.

—¡Huy!, eso no es posible —dice Marta con aire inocente—. No puedo llevar amigos a casa sin pedir permiso antes. Usted ya está seguro de que lo tengo, así que no hay problema: esta misma tarde se lo llevo, ¿vale? ¡Nos vemos! —exclama Marta, que coge las fotos y, antes de que Van Sneider reaccione, ya se ha perdido de vista.

—¡Encima tengo que pagar yo las dichosas fotos! —rezonga mientras se rasca el bolsillo.

Marta coge un autobús que va hasta el aeropuerto.

Ni rastro de Yoko, ni de David Rivero por allí. ¡Buena señal!

De camino a casa, recoge al perro del sótano de Edu y lo lleva a la cabaña del jardín.

A las tres de la tarde, Marta se detiene frente a la puerta de Thor van Sneider, que está a punto de perder los nervios al verla llegar sin compañía.

Ella le explica rápidamente por qué:

—Les he contado todo a papá y a mamá y...

—¿Que les has contado... «todo»? —la interrumpe Van Sneider.

—Bueno, lo de que Edu ha entrado en su casa sin permiso me lo he callado, claro. Pero estaban entusiasmados y han dicho que, después de que le entreguemos el yeti a usted, seguramente saldremos en los periódicos, con foto y todo. ¡Mamá hasta ha llamado a *El Noticiero!*

Van Sneider la interrumpe de nuevo:

—¿Que ha hecho… «qué»?

—Ha llamado a ese periódico, para que nos haga un reportaje mientras le hacemos la entrega del yeti a usted.

—Y tu madre… viene ahora para acá con el yeti, ¿verdad? —pregunta Van Sneider, nervioso.

—Pues no —sigue explicando Marta—. Vendremos todos hacia las cinco, porque papá también quiere aparecer en el reportaje y no sale de trabajar hasta las cuatro.

—No llegaréis hasta las cinco, entonces —agotado, Van Sneider repite las palabras de Marta.

—Sí, más o menos —sigue improvisando Marta—. Mamá está ahora en la peluquería. ¡Quiere estar guapa para las fotos!

—Claro… —repite Van Sneider, desconcertado.

—Bueno, pues nos vemos después. ¡Y esta vez con el yeti! —dice Marta antes de marcharse.

La verdad es que la historia de Marta es tan tonta que suena como si fuera cierta. Van Sneider mira su reloj de pulsera y va hacia el teléfono. Tiene que comunicar con los canales de televisión más importantes, con los grandes periódicos... y no le queda mucho tiempo hasta las cinco.

Al llegar a casa, Marta corre a la cabaña del jardín. Allí, el perro tan parecido a Yoko la saluda ladrando alegremente. Parece haberse acostumbrado ya a ella. Eso facilitará su plan, porque no va a ser sencillo ponerle el disfraz...

—Solo será un ratito —le tranquiliza Marta.

Pero por más que lo intenta, él siempre se sacude de la cabeza las molestas gafas de sol.

—Bueno, probemos con esto —y le hace meterse en la amplia ropa de Yoko.

Marta ha pedido un taxi para las cinco menos cuarto desde una cabina de teléfonos. Naturalmente, va a ir sola a casa de Thor van Sneider. Si sus padres se enterasen de lo que se trae entre manos... ¡Bufs, no quiere ni pensarlo! Por la misma razón, Marta ha decidido que el taxi debe esperar en una bocacalle. Así no tendrá que responder preguntas comprometidas.

A las cuatro y media, Marta se pone en camino con el falso Yoko. El taxi espera una manzana más allá. El taxista se asombra ante el curioso disfraz del perro, y Marta tiene que echar mano de toda su inventiva para convencerle de que eso es de lo más normal entre... ¡las estrellas caninas de televisión!

Ya de lejos se ve gran cantidad de gente delante de la casa de Van Sneider. Las unidades móviles de las distintas cadenas de televisión bastan para despertar curiosidad y atraer a muchos observadores. Aquello es un hervidero de cámaras, reporteros, mirones... Hasta el taxista se asombra al ver tanto gentío.

—Entonces ¿tu perro es una estrella de la tele, en serio? La verdad es que no me había tragado esa historia...

—Claro que lo es, ¡una superestrella! —explica Marta mientras paga al taxista—. Y ahora, por favor, déjele quedarse un momento más sentado aquí. Creo que los de la tele quieren filmarle al apearse del taxi.

—¡Qué bien! ¡Así yo también saldré en la tele! —exclama, emocionado.

Marta se abre paso entre la multitud, llega hasta la puerta de la casa y llama al timbre.

Thor van Sneider abre y cambia de color al ver que Marta ha llegado sola otra vez.

—No se preocupe —dice ella, y señala hacia el taxi—: Está ahí, sentado en el taxi, véalo usted mismo.

Mientras tanto, el taxista se ha bajado del coche, saluda amigablemente y exclama:

—Un animal sencillamente increíble. ¡Una auténtica estrella de la televisión!

Cuando ve la figura del supuesto yeti dentro del coche, la expresión de Van Sneider se relaja:

—¡Lo has disfrazado! ¡Magnífico! ¡Menuda entrada! Y ahora, esperad un momento: ¡quiero anunciaros por todo lo alto!

—¿Y no cree que se olvida de algo? —le pregunta Marta.

Van Sneider pone cara de no entender.

—¡Mi amigo Edu! —le recuerda ella.

—Ah, bueno, no hay problema —dice Van Sneider, que enseguida entra en casa, llama a Edu y le empuja fuera sin grandes miramientos.

A continuación se vuelve hacia los reporteros y les pide que estén preparados. Después de asegurarse de que todas las cámaras están funcionando, anuncia:

—Señoras y señores, pasen, por favor. Yo, Thor van Sneider, tengo el honor de presentarles una sensación mundial. De los recónditos parajes del Himalaya, traída por mí con infinito esfuerzo, una criatura legendaria que nunca antes ha sido vista por ojos humanos… ¡El yeti!

Dicho esto, señala a Marta, que debe hacer su entrada triunfal con el perro.

Cuando los dos pisan el salón de Van Sneider, los reporteros pelean por hacerse con los mejores sitios, y empiezan a zumbar las cámaras y a brillar los flashes.

¿Y qué hace entonces el supuesto yeti?

Corre a cuatro patas hasta el primer fotógrafo… ¡y levanta la pata junto al trípode que sujeta la cámara!

Thor van Sneider se queda sin aliento..., y con él todos los demás. Pero solo durante un instante, porque al momento, todo el mundo estalla en carcajadas.

El cazador tiene la cara roja de furia contenida. No puede creer lo que está viendo. Busca las palabras adecuadas, pero enseguida decide que no las necesita, ya que nadie le escucharía. ¡Todos están muertos de risa!

—¡Un yeti! ¡Menuda broma! —grita un reportero—. ¡Cómo hemos podido ser tan tontos para caer en la trampa! ¡Un yeti, ja, ja, ja!

Un operario de televisión toca en el hombro a Van Sneider:

—Buen montaje, amigo. Todos hemos mordido el anzuelo. ¿Dónde está la cámara oculta? ¿O ha preparado usted todo esto por puro gusto? ¡Realmente, ha sido una idea genial!

Ahora el perro empieza a lamerle una mano a Marta y un fotógrafo le ruega:

—¿Podríais repetir eso? Era una bonita escena...

Van Sneider ya no entiende nada de nada. Y por supuesto, en estas circunstancias no puede hacer nada contra Marta y Edu. Nada en absoluto.

—¿Puedo hacerles una foto a todos juntos, por favor? —pregunta otro fotógrafo, y hace que Marta, Van Sneider y el perro disfrazado se coloquen para una foto de grupo.

No mucho más tarde, Marta, Edu y el perro están de camino a casa, dejando atrás a un Van Sneider perplejo y furioso, rodeado de un montón de periodistas de muy buen humor.

Ya en la cabaña del jardín, Marta y Edu chocan esos cinco. Tienen mucho que contarse, pero antes, Edu enciende el ordenador en busca de un correo electrónico.

Y ahí está ya:

«PLAN DE SALVAMENTO CONCLUIDO CON ÉXITO. ¡EN NINGÚN CASO PUBLICAR LAS FOTOS ADJUNTAS! ESPERAD MI VUELTA. TENGO MUCHO QUE CONTAROS. DAVID RIVERO».

Las fotos anunciadas son tan bonitas que les alegran el corazón.

En ellas aparece su querido Yoko, feliz con sus padres, que están igualmente contentos. Y en una incluso se ve al reportero Rivero junto a los padres de Yoko.

—¡Esta foto solo puede haberla hecho Yoko! —exclama Marta, encantada—. Mira qué pinta tiene Rivero... ¡Dos gorros de lana y al menos tres chaquetas de piel, una encima de otra!

—¿Qué tendrá que contarnos? —pregunta Edu.

—Quizá que tampoco él quiere publicar estas fotos, para que los yetis puedan seguir tranquilos y nadie vaya a visitarlos.

—Pues... yo no estoy muy de acuerdo con eso —afirma Edu.

—Sería lo mejor para Yoko. Una vez que se publiquen las fotos, saldrán expediciones de todo el mundo para buscarle —explica Marta.

—Ya, lo que quiero decir es que yo sí creo que debería recibir *algunas* visitas —insiste Edu—. La tuya, por ejemplo.

—Me encantaría ir... ¡pero solo si tú vienes conmigo! —se le escapa a Marta.

Edu le dedica una radiante sonrisa y contesta:

—Encantado de ir contigo... a cualquier parte, ya lo sabes.

Los dos chicos se miran entonces, y un nuevo beso, ahora buscado por ambos, pone fin a la historia.

Índice

¡Hola!

Me llamo **KNISTER.**

Escribo libros para lectores y lectoras de 1,28 a 2,63 metros.

Kika Superbruja es uno de mis personajes más famosos, seguro que la conoces. Tiene un libro de magia y con él vive unas aventuras alucinantes, ya sea en el Salvaje Oeste, en un barco pirata, en el circo, en el antiguo Egipto, en la misteriosa Atlántida y en un montón de sitios más.

Y a lo mejor conoces a **Quique & Lucas,** los **locopilotos.** Incluso es posible que te hayas topado con ellos si has viajado al lejano Oriente de Alí Babá y los cuarenta ladrones, o a la Edad Media, o a la época de los dinosaurios... ¿Cómo? ¿Que tú no puedes viajar a esos sitios? ¡Ah, claro...! Quizá sea porque no tienes una alfombra mágica como la de los **locopilotos.**

Las historias de **Yoko** aún no son tan conocidas, entre otras cosas porque acabo de escribirlas. Ya te encargarás tú de hacer que **Yoko** se convierta en una súper-estrella en cuanto las hayas leído.

Bueno, ya me despido, aunque antes..., una petición: No se te ocurra leerles nada de **Yoko** a tus hermanos pequeños... ¡Puede que sea demasiado para ellos!

Los libros de KNISTER

en Bruño

www.KNISTER.com